講談社文庫

九年前の祈り

小野正嗣

講談社

兄、史敬に

目次

九年前の祈り

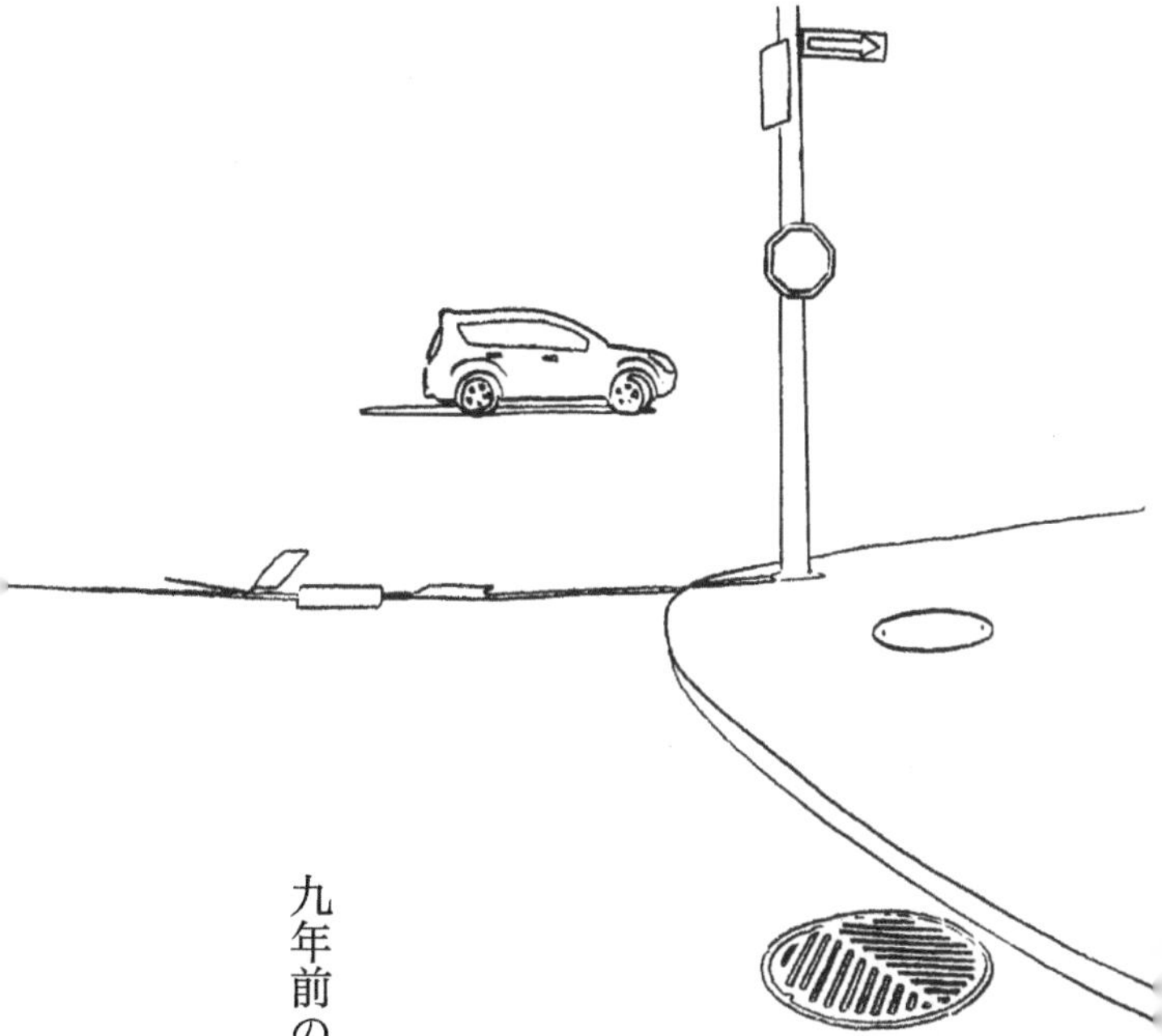

九年前の祈り

渡辺ミツさんのところの息子さんが病気らしい。母がそう言うのが聞こえたとき、さっきから喋り続ける母を無視して携帯の画面を見るともなく眺めていた安藤さなえを包んだのは、柔らかい雨のような懐かしさだった。

「みっちゃん姉《ねえ》!」とさなえはささやいた。

病気という不穏な言葉にもかかわらず、そしていま彼女が置かれた見通しの決してよいとは言えない展望にもかかわらず、急に雲間から一筋の光が差し、「渡辺ミツ」という名がさなえを照らした。

その優しい光のなかに、ひざまずいて祈る一人の初老の女性の姿が見えた。赤いリュックを背負った小柄なおばちゃん、みっちゃん姉が頭を垂れ、握り合わせた拳の上に額を乗せていた。いつまで祈るつもりなのだろう。なかなか起き上がろうとしない。そこは教会のなかだった。モントリオールの教会。ステンドガラスを通して落ちてくる、えも言われぬ色合いの流体のような不思議な光で満たされていた。みっちゃん姉のことを思うと、さなえがかつてこの郷里の町に住んでいたころに行ったカナダ旅行の記憶へと連れ戻される。浮かび上がったみっちゃん姉の姿は、しかし母の声によって破られた。

「息子さんは相当悪いらしいわ……」

そしてひとつ大きくため息をついてから母は続けた。

「あんたがこげなことになったもんじゃから、みっちゃん姉に顔を合わせにくうなった」

さなえは黙っていた。こんな保守的な片田舎でもひとり親家庭はもはやそんなに珍しいことではないはずだ。さなえの中学校の同級生のなかには四人も離婚経験者がいると、訊かれもしないのに呆れたように嘆息したのは母だった。一学年一クラスで十九人しかおらず未婚の者もいることを思えば、かなりの数だ。帰省してすぐ、高校のクラス会の案内が来ていると葉書を母に渡された。行けば、さなえのようなシングルマザーも何人かいたのかもしれない。しかしそんな気にはなれなかった。どうせ暇なんじゃから、と母は暗に非難した。父は何も言わなかったが、母と同じ考えなのはわかった。

今年三十五になるさなえは、半年ほど前に息子の希敏《けびん》を連れて東京からこの海辺の小さな集落に戻ってきた。七年も帰省していなかったことになる。希敏の父となる男――この土地の言い方を真似ればガイコツ人、つまり外国の人で、カナダ人だった――と東京で同棲するようになったとき、世間体を気にする両親はいい顔をしなかった。母はしょっちゅう電話をかけてきた。同棲を始めて最初の一年くらいは電話での一言目と最後の言葉はつねに「いつ式を挙げるのか？　品が悪い」だった。あんパンの皮だけ食べるような会話だった。一言目と最後の言葉だけが大切であって、あんこの部分、中身の会話は母にとっては無意味だった。同棲相手のフレデリックと母は電話で話そうとしなかった。フレデリックが喋りたがっていると言うと、母はそういうときだけさなえに対して心から感心したように言った。「おまえとちごうて英語はわからんから」

そんな娘を育て上げた自分に対する礼讃だったかもしれない。だからさなえはフレデリックが、さなえの英語以上に日本語を理解していることは黙っていた。母が彼と話そうとしないことが結果的には幸いした。希敏が一歳の誕生日を過ぎたあたりからフレデリックはもう家に戻らなくなっていたからだ。

希敏はフレデリックと暮らすようになって三年が過ぎてようやくできた子だった。

希敏が生まれる前、電話をかけてきた母はひどく深刻な声で、「もしかして、おまえ、犬を飼っているのか？」と訊いてきた。またか、と腹が立った。ソファの上に放った携帯電話からはスピーカーにしていないにもかかわらず、母の声が聞こえてきた。「犬を飼っておったら、情が全部その犬に移って子供ができんことなる」

母によれば、それは太陽が東から昇り月が満ち欠けするのと同様の普遍的な真実だった。「宮田の香織ちゃんも西川の千絵ちゃんも川上のよっちゃんも犬を飼うのをやめた途端妊娠した」と母は力説した。しかも宮田の香織ちゃんは母の助言を聞き入れてそうしたのだ。その結果、いまでは三人の子供——「それもみな男じゃ！」と叫ぶ母の声はほとんど賛嘆の念で震えていた——に恵まれた。「言うてよかった、香織ちゃんのお母さんにも会うたびに礼を言われる」と母は得意げに言い添えた（このやりとりのことを思い出すと、大学時代につきあっていた熊本出身の不幸な男のことを思い出した。その男は酔うたびに、小さいころに親も同然の飼い犬を捨てられたと不思議なことを言った）。

そして、ついにさなえに子供ができた。たしかに時間はかかった。だが生まれてきたのが男の子だという事実は、母には何よりも重要だった。さなえの同級生や知り合いに子供が生まれたと電話で朗報を伝えながらも、「じゃが、またおなごじゃったらしいわ」とか「ほんとは坊がよかったらしいわ」と余計な一言を付け加えずにはいられない母だった。さなえが息子の画像を送るたびに、「見えん！　もっと大きなやつを送ってくり！」と瞬時に電話をかけてきた。送信し直すと、思わず携帯電話から耳を離してしまうほど絶叫した。「なんと、なんと、なんと！　かわいやのー！　見てみい、このおおけな目を！　赤児じゃのに、こげえ鼻がたかえ！　こげなかわいらしい子がほかにおるか！」

もしも希敏が両親の揃った家庭の子として戻ってきていたら、そしてもしも希敏がもう少し普通の子供であったら、いったいどうなっていたことだろう。

これまで帰省する機会は幾度となくあった。子供がいないときには、そのことをいろいろ言われるのが鬱陶しくて帰らなかった。希敏が生まれてすぐは、移動の負担を考えると踏ん切れなかった。しかしいま思えば、まだ息子が動けない赤ちゃんだった時期に帰っておくべきだった。幼児を連れて旅行するのはただでさえ一仕事だ。

しかしもう鬱陶しいだの面倒くさいだの言っていられない状況だった。経済的にも心理的にも母子二人だけで東京で暮らすという選択肢はなかった。故郷のこの町まで新幹線と在来線の特急を使ってもゆうに九時間はかかる。でも飛行機なら、羽田―大分間はたった一時間四十分のフライトだ。

なのに、全然楽ではなかった。離陸は無事に乗り切った。すぐに希敏はうとうとし出し、そのうちに寝息を立てて眠りに落ちた。しかし途中で目覚め、スイッチが入ってしまった。体を激しく痙攣させて大声で泣き叫んだ。まるで不当なひどい仕打ちを受けているかのように。そんなとき息子は引きちぎられてのたうち回るミミズのようになった。周囲から向けられる視線で肌が焼けるように痛かった。

さなえが初めて飛行機に乗ったのはあのカナダ旅行のときだった。さなえにとって生まれて初めての海外旅行でもあった。町全体に国際交流推進の気運が高まっていたころで、さなえが臨時職員として働いていた教育委員会が、ＪＥＴ《ジェット》プログラムの外国語指導助手として町に着任していた二十八歳のカナダ人青年、ジャック・カローが立てた旅行の企画を受けて、実現したものだった。町報を使って告知して希望者を募った。一村一品運動で有名になった水産加工業や養殖業もまだ景気がよく、税収が安定していたこともあり、町役場は気前よく助成金を出した。そのおかげで破格の値段で旅行できることになった。

男たちは仕事を一週間も休めないからか（しかし町の女性たちのほとんどが働いていた）、あるいは単に男たちには気概がなかったのか、さなえを含めて七人の参加者はみな女性だった。二十代はさなえだけ。あとは四十代後半以上の女性だった。

ジャックが立案した旅程は、バスで四時間かけて福岡空港まで行き、そこから成田空港、オヘア（シカゴ）空港、トロント空港と乗り継ぎを重ねる大変なものだった。カナダでもトロントからモントリオールまでは飛行機だった。「座ってばっかりじゃと疲るるのお」とこぼしながらも、町の陽気なおばさんたちは南国の鳥の群れさながら大きな声でしゃべり散らしていた。さなえはときどき無性に恥ずかしくなって、離れて座れないときには横を向いて寝ているふりをしたし、実際に眠りもした。「おどや、おどや、若《わけ》えのにさなえちゃんは寝てばっかりじゃのお」と誰かが言い、すると降り注ぐ陽光のもとで南国の鳥たちが水遊びをしているかのようにはなばなしく音と光があたりに飛び散った。その同行者のなかに、「みっちゃん」とか「みっちゃん姉」と呼ばれる女性がいた。控えめだが、いつも元気がよくて、何かといえば、みんなが自然に意見を求め、頼りにしていた初老の女性。その人が渡辺ミツだった。モントリオールのホテルで相部屋になった夜、みっちゃん姉から息子さんの話を聞いたことがあった。

さなえは独り言をつぶやくように、しかし母に聞こえるほどの大きさの声で言った。

「みっちゃん姉の息子さん、そんなに悪いの？」

「大学病院に入院しておるらしい」と母は声をひそめて言った。普段は声が大きいだけに、やたらに小さく感じられた。吐息が、そこに運ばれる言葉をもみ消そうとしていた。何かよいことが起こったとき、人に話すと幸運の効果が失われると信じている母は、否定的なことを口にすると、それによって不幸や悪運を招き寄せると信じていた。母は病気それ自体よりも病気を指し示す言葉を耳にするのを恐れていた。まるでインフルエンザのウィルスは「インフルエンザ」という単語によって耳から感染し、「癌」という言葉の響きが患者の癌細胞を刺激し増殖させるかのように。

「どこが悪いの？」

さなえは携帯の画面から目を上げずにつぶやいた。

「ようわからん。じゃけど、お父さんの話では、最近、民生委員のミーチングにみっちゃんの顔が見えんからどうしたんじゃろうと不思議に思うておったら、息子さんが病気で入院しておるのがわかったんじゃ」

さなえは帰郷したその日に、実家の表札の横に「民生・児童委員」のプレートがあることに気づいていた。正直驚いた。元中学校の国語の教師である父は、この土地の人間ではなかったからだ。父の交友関係の範囲は限られていた。地域の人間関係を知悉し、あれは誰かと尋ねると三親等くらいまでならその人の親族の名をすらすらと言える母とちがって、過疎の土地にもかかわらず父は元教え子の名前と顔すらろくに覚えていなかった。父は別府市の出身で、熊本大学の教育学部を出たあと、県南の中学校に赴任した。そこで、真珠養殖業の工場でアコヤガイに「細胞」と「核」を入れる職人として働いていた母と知り合い、結婚した。母への愛から母の出身地である県南のこの土地も深く愛するようになっていた。

リアス式海岸の複雑な地形をした土地だった。さなえは帰省する前に何度も、ポケモンの図鑑を眺めていた希敏の目の前で、タブレットの画面に映し出された地図を拡大したり縮小したりしながら（でも息子が見ていないのはわかっていた）、「ここがママのふるさとよ」と息子のくしゃくしゃの亜麻色の髪に唇を寄せてささやいた（息子が理解していないのはわかっていた）。沖合いに二つの島があった。陸地に近いほうが黒島で、そのさらに沖にあるのが文島。さなえの母はこの文島の出身だった。二つの島は、陸地を振り切って大海原に飛び出そうとしているように見えた。逃がしてたまるものかといくつもの岬が、たがいの邪魔をしながら、島々に執拗に追いすがり伸びていく――入り組んだ海岸線はそうやって生まれたのではないかとさなえは夢想した。

さなえの父は本当なら妻の故郷であるこの文島で生活をしたかったという。しかし転勤の多い中学校の教員にそれは無理だった。陸と島を結ぶ連絡便はその当時でさえ一日四本しかなかった。定期船に乗り遅れたら乗り遅れたで漁師たちの船に乗せてもらえばいいではないか、と父は思いつきを気安く言った。「しょっちゅう行き来しちょるんじゃから、ついでに乗せてくれるじゃろう」

彼らの現実主義的な生き方をよく知る母はたちまち一蹴した。

「そのぶんの燃料代は誰が払うんな？　タダだと思うん？」

家では母に頭が上がらないくせに、父は学校では宿題をやらなかったり反抗的な態度を取ったりする生徒に体罰を加えていたようだった。子供は厳しくしつけるもので、「しぇんしぇい、うちのが言うことをきかんかったら遠慮せんとやってくだせえ」と保護者のほうが体罰を要求してきた。父が生徒たちを殴った日にはすぐにわかった。後味の悪さからか、帰宅したあと日頃の上機嫌さが嘘のように言葉少なになり、言い訳するようにつぶやいた。「おれは人を打ったりするんは好かんのじゃ」

リアス式海岸が独特の地形を作る海辺の土地は父を魅了した。しかしそこに暮らす住民たちをどこか見下しているようなところが父からは抜けなかった。住民たちもまた、安藤しぇんしぇいもう少し愛想がよければ、教頭くらいはなれたじゃろうに、と父を軽んじるふうがあった。「名は体を表わす」の好例として、父を「万年平《ひら》教員の安藤しぇんしぇい」と呼んだ（なにせ父の名は平《たいら》なのだ）。

だから、この土地に生まれ育った母ではなく、結局はよそ者である父が民生委員を務めていることにさなえは違和感を覚えた。一方、みっちゃん姉こと、渡辺ミツが民生委員であることに驚きはなかった。カナダ旅行のとき、みっちゃん姉はつねに同行のみんなと分け隔てなく楽しそうに話していた。輪の中心になる人に特有の明るさと落ち着きがあった。

母が続けて言うのが聞こえた。

「もうふた月近く病院に入っておるらしい……」

さなえはようやく母のほうに顔を向けると言った。

「わたし、お見舞いに行ったほうがよくないかな？」

「まこと、まこと、一緒に海外旅行まで行った仲じゃもんのお。それに渡辺さんとこ ろからは希敏が生まれたときに祝いまでもろうたんじゃから」

「祝い？」

初めて聞いた話だった。

「言うてなかったかの？」と母は逆に驚いた顔をして訊き返した。得意げな顔つきになってつけ加えた。

「なーんも心配せんでもいい。ちゃーんと希敏ちゃんの通帳を作って、もろうた祝いはみな入れちょる」

家の庭にある駐車スペースにバックで軽自動車が入るのが見えた。父は車に興味がなく、二十年来、かつての教え子が経営する、国道沿いの自動車整備・中古車販売店で車を買い続けてきたが、さなえたちが帰ってくることが決まってから、孫を乗せるために小さいながらもスペースがあって使い勝手のよいその車を新車で購入した。

「あ、『まち』から帰ってきた」と母が言った。

いまや隣市に合併された旧郡部の住民たちは、かつての市のことを「まち」と呼び続けていた。「まち」もずいぶん変貌していた。にぎわいの中心にあった五階建ての地元デパートはずいぶん前に民事再生法の申請を行ない、アーケード街に軒を連ねていた個人商店の多くが錆の目立つシャッターを下ろしていた。商業の中心は交通の便のよい（ということは、車がないと不便な）国道沿いの郊外に移っていた。畑と野原だけだった土地に、八百台近く収容できる巨大なパーキングを備えたショッピングセンターが開業し、その周辺は宅地造成されて新しい住宅が整然と立ち並んだ。父は朝からそのショッピングセンターに希敏を連れて行った。

希敏がさなえなしで祖父と外出できるようになるまでには時間がかかった。変化というものが極度に苦手な子供だった。希敏を診てくれていた専門医の先生から何度も助言されたのは、とにかくあせらないこと、あきらめないこと、そしてがんばらないことだった。

しかしがんばらないどころか、現実にはつい感情的になって叱ってしまう。そのたびに希敏は引きちぎられたミミズになった。さなえは息子の体に取り憑いたそのミミズをやっきになって引きはがそうとした。当然ミミズは抵抗する。希敏は自分の髪の毛を引き抜いた。床に転がって壊れてしまいそうなほど激しく手足を打ちつけた。

バタン、バタン。

車のドアが鳴り、玄関のドアが開いた。

「戻ったどー」

万年平教員だった父の平の上機嫌な声がした。さなえはほっとした。

父はくすんだ銀色の髪を七三に分け、遠近両用レンズの入ったサーモント眼鏡をかけていた。クリーム色の長袖のシャツの上にくすんだ色の薄手のジャケットを着て、サイズの大きすぎるグレーのスラックスを穿いていた。

「希敏ちゃん、おかえりー」

母が声をかけた。父のあとについて家に入ってきた希敏を見て、誰もさなえの父の孫だとは思わないだろう。下手をすればさなえの子とも思われない。もうすぐ四歳になる希敏は、父のフレデリックにそっくりだった。くるくるとカールした柔らかいくせっ毛は、さなえの黒々とした太くまっすぐな髪と全然ちがった。「馬鹿の大髻《おおたぶさ》」と母親にからかわれていたくらい、さなえは額が狭く髪の量が多い。しかもさなえは小学校のころ、男子にヒラメとあだ名をつけられていたくらいのっぺりとした顔だった。

そのことを泣きながら両親に言うと、父は真顔で、おまえは全然ヒラメなんかに似ていないと保証した。釣り好きの父は娘を安心させようとさらに続けた。「よく見てみい、さなえ。ヒラメは寄り目じゃろうが。おまえはむしろ目と目のあいだが離れちょる。お母さんにそっくりじゃ」

それを聞いて娘はさらに泣いた。父は娘の反応が意外だというように眉をひそめつつも、娘を安心させようとした。

「じゃが、さなえ、人間は顔じゃねえ、人柄じゃ、性格じゃ。内側からにじみ出る美しさじゃ。じゃからわしは性格美人のお母さんと結婚したんじゃ」

言い終わると、父は母に目配せして嬉しそうに笑った。母は困ったような顔つきになり、娘はさらに激しく泣いた。

宙を浮遊する鷲の翼を思わせる眉毛、上向きに反り返った長い睫毛《まつげ》のくりくりした目、形の整った鼻。希敏はその母親の家族の誰とも似ていなかった。父などは孫息子と二人だけでいたら誘拐犯と間違われはしないか心配で心配でかなわんと、孫の顔と自分の顔を交互に指差しながら冗談まじりに言った。「震いが来るような顔じゃ。こげなかわいらしい子がわしの孫じゃとは誰も思わんじゃろう、のお？」

それがあながち冗談にならない事件が帰郷して間もなく起こった。みんなでショッピングセンターに出かけたときのことだ。

さなえがフロアを歩く希敏と両親からそっと離れて、子供服コーナーを見ていると、同じフロアの隅にあるゲームコーナーのほうから子供が大声で叫ぶ声が聞こえた。生命の危機にさらされた小動物が全身から発する悲鳴だった。

その声にかぶさるようにうろたえた父の大声が聞こえた。「よし、よし、いま、ママが来るからの、の、けびんちゃん、いま、ママが来るからの、の」

懸命に孫をなだめようとする祖父の腕のなかで、引きちぎられたミミズがのたくっていた。さなえの母が暴れ回るミミズを抱きとろうとしたが、ミミズはもうこれ以上引きちぎられるのはごめんだと言わんばかりに激しくもがいた。

「さなえ！　よーい、ママー！　ママー！」

さなえを呼んでいるのは息子ではなかった。ママ、ママと絶叫しているのは父だった。希敏をフロアに落とすまいと抱きしめながら、そのために間近から浴びせかけられる泣き声に負けじとボリュームを上げる父の声があたりに響き渡った。

「お父さん……、あんた、まあ、そげな大きな声を出さんでも……」と母が半分笑いながら呆れて言った。

孫の泣き叫ぶ声でそれも耳に入らないようだった。父は娘を必死に呼び続けた。

「よーい、ママー、どこじゃー！　ママー！　け、け、けびんちゃんが泣きよるぞー！」

周囲の客は何事かと気にしつつも見ないふりをして買い物を続けていた。老人が「ママー、ママー」と叫ぶ声に思わず振り返り、笑っている人もいた。

「どこじゃー、ママー！　よーい、ママー！」

さなえはすぐに駆けつけなかった。取り乱す両親の姿を遠くから眺めていた。

「どうしたのよ？」

胸に飛び込んでくる希敏を受けとめながら、さなえは訊いた。

「どうしたも……こうしたも……どげえもこげえも……ねえわ、ママ……」

はあはあと喘ぎながら父は言った。

祖父に抱き上げられた瞬間パニックに陥った希敏は、母猿から引きはがされた子猿を思わせる声で悲鳴を上げたのだった。手足をバタバタさせ、祖父の両腕から逃れようとした。大切な孫を床に落として怪我をさせるわけにはいかない。しかし孫はいっそう激しく頭を投げ出し背中を反り返らせ暴れる……。父の髪はぐちゃぐちゃに乱れ、額には玉の汗が浮かんでいた。肩を激しく上下させながら、鼻の上で斜めに傾《かし》いだ眼鏡越しに、さなえの首元に顔を埋めた孫の後ろ頭を力なく恨めしそうに見つめていた。

帰りの車のなかで、ふだんの饒舌が嘘のように父はずっと黙りこくっていた。かつて学校で生徒たちを叩いた日にそうなったように。

「言葉で言うてわからんのじゃから仕方がねえ……。かまわん、かまわん、しぇんしぇい、遠慮のうやってくだせえ」

自分を正当化するつもりはないが、希敏はいくら言ってもわからないときがあった。引きちぎられてのたうつミミズに人の言葉が通じるのか。投げかけられる言葉は切実なものであればあるほど、尖った石のつぶてとなって、すでに傷ついた体をさらに切り刻んだ。いっそう痙攣させ、のたうたせた。

家に帰り着くころになってハンドルを握っていた父がようやく口を開いた。「井上のたつ兄《にい》から聞いた話じゃが……」

その人は元郵便局員で父の釣り仲間だった。

「たつ兄の神戸に住んでおる娘が、このあいだの連休に希敏と同じくれえの年の坊を初めて連れて帰ってきたんじゃと。そしたらの、その坊がの、いままで一度も会うこともなかったのに、にっこり笑うて、だっこ、だっこ、っちゅうて、たつ兄から離れん……」

父が小さくハンドルを切った。道路の端のほうに横断しきれず車にはねられたイタチの死体が二匹横たわっていた。親子だろうか。大きさは全然違ったが、二体の骸《むくろ》はともに腐敗して同じようにパンパンに膨張していた。

しばらく黙っていた父がまた口を開き、後部座席にさなえと座った孫に向かって漏らした。

「その話を聞いて、血がつながっておったら何も言わんでもわかるんじゃろうと思うたんじゃが……、どうもそげなことはねえようにあるのお……、希敏くん？」

希敏からは何の反応も返ってこなかった。希敏は滑らかな沈黙の石となり、さなえのささくれだった沈黙とひとつになっていた。

ショッピングセンターで起こったたぐいの出来事はそれ以降も何度かくり返された。希敏が普通の子とちがうことにさなえの両親はとまどっていた。

初めのころ母は呆れた口調で言った。

「あんたの躾《しつけ》はどうなっておるんな」

そして例のごとく余計なことを付け加えた。

「こげえ落ち着きがねえんのは、やっぱり片親じゃからかのお……」

母とは父のいないところで何度か口論になった。医師から言われたことをそのまま両親に伝えればよかったのだろうか。しかし医師の診断を聞かされたとき、足下に地割れが生じ、その裂け目からなすすべもなく地の奥底に落ちていくような目眩《めまい》を覚えた。そうかもしれないと頭のなかで悪い想像をしているのと、実際にそれを他人の口から、しかも専門の医師から聞かされるのとでは衝撃の大きさは全然ちがう。打撃を受けとめ、前向きな気持ちになるには時間がかかった。両親もまた悪い知らせを予期しているにちがいない。自分の経験からしてなおさら言い出しにくかった。

「躾とかそういう問題じゃないの」とさなえは言った。「環境が急に変わっちゃったから……。いろんなことに慣れるのに普通の子よりもずっと時間がかかる子なのよ」

本当だった。希敏は初めのころ、抱き上げられるなど論外だが、祖父母に頭を撫でられるのも彼らと手をつなぐのもいやがった。それがいまでは、さなえなしでもこうして祖父と二人で買い物に行けるまでになっていた。それでも母は、最初の騒動がよほど心に引っかかっているのか、いまだに口実をこしらえては孫と二人だけで外出するのを避けていた。それが腹立たしかった。

「ほら、『ただいま』は？」とさなえは息子に注意した。「それから帰ってきたら何をするんだっけ？　手をちゃんと洗ってきなさい」

すると母がキッチンから声をかけてきた。並んでいた列にいきなり横入りされたかのように、さなえはむっとした。

「注意するときは、しゃがんで子供と同じ目線の高さで言うてやるといいらしいど」

呆気《あっけ》にとられたさなえが言いよどんでいると、調子に乗ってさらに横入りが続いた。

「やらんといけんことは絵に描いて壁に貼っておいたらいいらしいど」

さなえは母を見た。さなえの顔に浮かんだ怒りが見えないのだろうか。

「手洗いとか歯磨きとかな、やらんといけんことを絵にしてやっての、順番をつけてやるといいって、教育テレビで言うておった」

「はい、はい」

きつい口調にならないように、怒りを、そして同時に湧き上がってきた恥辱を押し殺さなければならなかった。母から目を逸《そ》らした。息子の手のなかにある本に気づいて、さなえは言った。詰問する口調になっていた。

「お父さん、またポケモンの図鑑、買ったの？　それと同じ本、たぶんあるわよ。似たような本はもう何冊も持ってるのに……」

孫と同じように帰宅したなり手洗いもうがいもせず、母が淹《い》れたお茶をリビングのテーブルで飲んでいた父が不服そうに言った。

「そげえ言うたって、希敏がその本を手に持ったまま本棚のところからビクとも動かんのじゃから仕方ねえじゃねえか……。無理に取り上げて、またあげなことになっても困るからのお……。こいつの泣き叫び方ときたら尋常じゃねえからのお」

そう言いながら父は機嫌を取るように笑みを浮かべたが、娘のこわばった表情に、はみ出したシャツの裾でもたくし込むように慌ててその笑みを引っ込めた。視線を希敏に向け、あらためて自虐的な笑みで口元をゆるめて得意げに言った。

「それこそ、おれが誘拐犯じゃと思われるわい」

しかしさなえも、もちろん図鑑に没頭して周囲の世界など存在しないも同然の希敏もくすりとも笑わなかった。母はそもそも聞いてもいなかった。

庭にはすでに朝の光が満ちていた。鳩の間の抜けた鳴き声が聞こえ、雀がせわしなく鳴いていた。枕元の携帯に手を伸ばす。六時五分だった。横を見ると、希敏は掛け布団を蹴とばし、うつぶせになって眠っていた。寝息が聞こえた。どこにも他の子とちがうところはない。むしろこんなにかわいい子はいない。くしゃくしゃの巻き毛の髪、夜露の玉が載りそうな、くるんと反った長い睫毛、形のよい唇、ほんのり赤らんだ滑らかな白い頰。

さなえは顔を近づけて、息子の髪をかき上げ、その額と頰に唇をそっと押しつけた。起こさないようにそっと——いや、起こしたってかまわない。起きれば、まぶたが開き、あの大きな瞳が自分を見つめるだろう。ほかの誰も見ていなくともさなえだけは見ている。だからこの子が視線を合わせないのではない。目を覗き込めば、こちらの姿は映る。言っていることはちゃんと伝わる。

希敏は気持ちよさそうに寝ている。でも起こさないと間に合わなくなる。母が生まれ育った島、文島にこれから希敏を連れて行くのだ。港から黒島を経由して文島を結ぶ定期航路は、一日にたった三便しかない。朝七時三十分発の第一便を逃すと、次の便は正午になる。

その日は午後から家族で出かける予定だった。父の民生委員の仲間であり、かつてさなえが一緒にカナダ旅行した渡辺ミツ、つまりみっちゃん姉の息子さんのお見舞いに大分大学医学部附属病院に行くのだ。東九州自動車道が佐伯《さいき》まで伸びたおかげで、病院まで一時間半もあれば着いた。さなえがみっちゃん姉に会いたいと思っているのを母は察し、見舞いに行こうと提案した。父は無駄足になるとしぶった。

「このあいだ、みっちゃん姉と同じ鷹ノ浦の人が息子さんの見舞いに行ったら、受付のところで家族の意向で面会は断っておるから部屋の場所は教えられんって言われたっちゅうんじゃ」

「そりゃそうじゃろう、お父さん」と母があっさり答えた。そしてどこから聞いてきたのか、みっちゃん姉の息子さんの病状について滔滔《とうとう》と述べた。「なんでも最初は、急に大きなしゃっくりが出だして、二日ぐらい止まらんかったらしい。どげえしたんじゃろうか、おかしいのお、と言いよったら、具合が悪くなって倒れたんじゃと。それで大分の脳外科の病院に連れて行って、MRっちゅうんか、頭のなかを見る機械で検査したら、脳に相当大きな腫瘍が見つかって、この病院じゃ無理じゃっちゅうて大学病院に運ばれて、すぐに手術になったんじゃと。かなり大きな手術じゃったらしいど。手術は無事に終わって、いま入院しておるらしい。早《はよ》うよくなるといいがのお……。わたしがみっちゃん姉の立場じゃったら、同じことをするじゃろう。わが子が頭に包帯をぐるぐる巻いて寝ておる、そげな痛々しい姿を他人には見せとうはねえが。本人もそうじゃが、みっちゃん姉も人と会《お》うて話すような気持ちにはならんのじゃねえんか……」

「じゃったら、なおさら行かんほうがいいじゃねえんかのお……」と父は躊躇した。

しかし母はあっけらかんと言い放った。

「いいじゃねえな。行くだけ行ってみたら。日頃から民生委員の仕事でみっちゃん姉にどれだけ世話になっておるんか。会われんかったときには、病院のじき近くじゃから、希敏をパークプラザにでも連れて行ってやったらいいじゃねえな。希敏も喜ぶ」

現実主義的な母らしい判断だった。パークプラザというのは、大学病院のすぐ近くにある県内でも有数の規模を誇るショッピングモールだった。病院で面会できなければ、そこで希敏に映画でも見させてやろうと母は言うのだ。

「おお、ちょうどいい！」と父が声を上げた。「あのポケモンっちゅうやつの映画がかかっておるはずじゃ。あれじゃったら希敏くんもじっとして見るじゃろ？」

それから数日後、さなえは不意に思い出して言った。

「お見舞いに行くんだから文島の貝殻を持っていこうよ」

「文島？」と母が驚いて訊き返した。「あんた、島に行くったって、いつ行くんか？明日、もう見舞いに行くんど。島まで貝殻を拾いに行くような時間はねえ」

「朝のうちに行ったらいいじゃねか」と父がさなえに助け舟を出した。「正午の便で戻って、そこから大分に行っても十分間に合う。島に行け。行ったらいい。おまえらが着くころに港に車を停めて待っちょく。船から降りたらそのまままっすぐ見舞いに行こうや。のお、お母さん？」

「せわしやのお」と母がやや不満そうに言った。「そげえふうに予定をコロコロ変えよったら、また希敏ちゃんが泣いて大変なことになるど……」

母の生まれ故郷である文島にはいくつもの入り江があった。なかでも人家のない南東の小さな入り江は地元では有名で、そこにある砂浜で見つかる美しい色と模様の小さな貝殻には、厄除けの効能があると言われていた。さなえの家でもむかし、その砂浜で集められたピンクや紫やコーヒー色の小さな貝殻を収めたガラスの小瓶が仏壇に置かれていた。母には弟が三人いたが、いまも地元に暮らしているのは母だけだったので、仏壇はさなえの家に置かれていた。母方の祖父母やご先祖さまの位牌が置かれたその仏壇に、母が用意した温かいお茶と炊きたてのお仏飯をお供えするのが、高校を卒業するまでさなえの日課だった。お仏飯と湯飲みを並べると、手を合わせ、目をつむって頭を軽く下げる。深い意味はない機械的な動作だった。頭を上げると、視線は貝殻の入った美しい小瓶に引き寄せられた。

母によれば、さなえが中学校と高校の六年間、軽い風邪はひいても学校を一日も休むことなく健康に過ごせたのは、ひとえにご先祖さまと文島の貝殻のご加護のおかげだった。

さなえは自分に言い聞かせるように言った。

「あそこの貝殻を採ってきて、みっちゃん姉に渡そう。会えなかったら受付の人に頼んで渡してもらえばいい。希敏に島も見せてやりたいし」

母の懸念は当たった。港に行くために希敏を車に乗せようとした途端、スイッチが入った。引きちぎられたミミズが現われ、激しい抵抗を示した。

悲しさと憤慨が入り混じった声で母がさなえをたしなめた。

「あんたも子供相手にそげえムキにならんでもいいじゃねえか、別にきょう島に行かんでもいいじゃねえか……。そこまでやらんたって、あんた、わが子じゃろうが……」

しかしさなえはやめなかった。息子に向かって声を荒らげた。ほとんどなじっていた。

「だって行くって決めたのよ！　けびん！　約束したじゃない！」

涙と鼻水で美しい顔を台無しにした希敏はひたすら母の手を逃れようとした。まるで背面跳びでもするかのように自分の体を後方に放り投げた。後頭部を守ろうとさなえは手を伸ばしたが間に合わなかった。下が土で幸いだった。地面で頭をしたたか打った希敏はさらに泣き叫び、手足をバタバタさせた。ミミズは激しい動きによって、傷ついた体をさらにみずから引き裂いた。苛立ちと怒りがざらつく熱風となってさなえの顔を焼いた。泣きわめく息子を、幼児の柔らかい肌に指が食い込むほどつかみ、力ずくで車に乗せた。

母が嘆いた。

「朝早うから、かわいそうに、こげな大きな声で泣かして……」

もがくのをやめない希敏を後ろから抱きしめたまま、さなえは車の後部座席に乗り込んだ。ハンドルを握る父は前を向いたまま何も言わなかった。言いたいことがあるのなら言えばいい。興奮して攻撃的な気分になったさなえは心のなかで挑発した。父が何か口にすれば、それがどんなことであれ、罵りに近い辛辣な口調で言い返すだろう。それがわかっているからか、父はつらそうに沈黙を守っていた。

「あー、そげえ慌てんでも大丈夫じゃ！」

希敏を抱いて駆け寄ってくるさなえを見て、定期船が係留された桟橋で煙草を吸っていた小柄な初老の男性が大声で言った。紺色のニューヨーク・ヤンキースの野球帽を目深にかぶり、サングラスをかけていた。海辺の人らしく浅黒く日焼けしていた。連絡船を運航している会社の名前の入った紺色のジャンパーを着ている。船長だった。

「まだ間に合いますか？」

喘ぎながらさなえは腕から息子を降ろした――いつもの無反応の希敏に戻っていた。車の揺れと母の体の揺れによって、引きちぎられたミミズはなだめられ、沈黙の石によってふたたび閉じ込められたかのようだった。

「じぇんじぇん大丈夫じゃ。これからちょうど出るところじゃ」と船長は答えた。

漁船に毛が生えた程度の船だと思っていた。しかしブルーマリン号は周囲の漁船より――といっても、漁に出てしまったのか港にはほとんど船がなかった――ひと回りは大きかった。

「これ、文島に行きますよね？」とさなえは念のため訊いた。

「ほーっ、言葉がいいのお、お姉さん」

船長は感心した。必要以上に大きな声の気がしてさなえはかすかな苛立ちを覚えた。この海辺の町の人たちは叫ぶように喋った。濃いサングラスに隠れて視線は見えなかったが、船長がさなえのそばに立つ希敏を見ているのがわかった。船長は大きな声で続けた。「あー、あんた、あの……」

さなえが答える前に背後からさらに大きな声がした。

「安藤しぇんしぇいのところの娘さんじゃ！　ガイコツ人と結婚したあのさなえちゃんじゃ！」

「あー、やっぱりそうじゃったか！」と船長がさなえの頭越しに声を張り上げた。

さなえは振り返った。波止場の前の狭い道路沿いに民家が並んでいた。そのうちの一軒の二階のベランダから中年の男がこちらを見ていた。家々は南向きで、目の前に小さな湾があるだけで遮るものが何もないため日当りがよかった。男の背後で干された洗濯物が朝の光を浴びて輝いていた。男は手すりに両肘をついて煙草を吸っていた。紺のスウェットの上下をだらしなく着て、遠目にも頭に寝癖がついているのがわかった。

　このむさくるしい男が誰だか知らない。しかし男のほうは明らかにさなえを知っていた。さなえがカナダ人と結婚したことも、そのカナダ人とのあいだに男の子が生まれたことも、そしてさなえがそのカナダ人に捨てられて、男の子を連れて実家に戻ってきたこともすべて知っていた。

　いや、さなえだって知っている。昔の面影がなくなって陰気くさくなっただの、東京の言葉しか喋らなくて気取っているだのと町の人たちから言われているのは承知している。

　さなえは息子を見た。町の人たちはさなえと希敏について何もかも知っているのに希敏は何も知らない。何を言われているのか何も知らない。自分と母を見下ろす男の存在に気づいてさえいない。

　それだけではない、とさらに声が続けた。この世界で希敏だけが何も知らないし、知らされてもいないし、知らされてもわからないのだ。そう心のなかで渦を巻く声が自分のものだとはさなえには信じがたかった。しかし声はやめなかった。この子にはわかっていない。いま母が自分をどこに連れて行こうとしているのか、母が何をしに島に行こうとしているのかわかっていない。

その声を遮ってくれたのは、背後から聞こえてきた船長の大声だった。耳障りなしゃがれ声だった。しかしこのときばかりは苛立ちよりも安堵を覚えた。

「ほれ！　時間じゃ！」

ベランダの男は煙草を持った手を振ると室内に消えた。置いていかれた煙草の煙だけが気だるくたゆたっていた。

ブルーマリン号の船室は広かった。真ん中の狭い通路を挟んで三人がけの座席が二列並んでいた。さなえたちのほかに乗客はいなかった。希敏はさなえの横に大人しく座っていた。船室部分の外壁は透明な窓に覆われ、外の景色がよく見えるようになっていた。室内は明るかった。窓のすぐ外に海が迫っていた。ときどき白いしぶきが厚い頑丈な窓に打ちかかった。海面にはさまざまなものが浮かんでいた。茶色っぽい海藻類、ひからびたクラゲのようなビニール袋、ペットボトル、空き缶。風雨にむしり取られて沖に運ばれた木の枝は枯れていた。そうした漂流物は次々と消え去っていくのに、紺色の水の向こうに見える緑の山はなかなか視界から立ち去らなかった。まるで船を追いかけて陸地が沖へ沖へと緑の触手を伸ばしているかのようだった。出航のアナウンスのあとは、エンジンの低く唸る音だけが室内を満たしていた。

希敏はさなえに体をぴたりと寄せていた。窓からは陽光が降り注ぎ、息子の小さな体から伝わってくる温もりはあまりに心地よかった。その熱と船の揺れに、眠りの核がゆっくりと溶け出し、体全体に広がっていった……。

暗い壁面にひびが入り、そこから水が漏れている。水ではなかった。泣き声だった。赤ん坊が泣いていた。まぶたが重かった。横を見ると渡辺ミツがいた。どうしてみっちゃん姉が横にいるのだろうか。

さなえの記憶では、あのとき、シカゴまで飛ぶ飛行機のなかで横に座っていたのは、ジャック・カローだったはずだ。痛々しい泣き声はさらに激しさを増した。大分からモントリオールまで何度も飛行機に乗ったのだから、一度くらいはみっちゃん姉の横に座ったことがあったかもしれない。しかし赤ちゃんがずっと泣いていたのは間違いなく成田からシカゴへの長いフライトのあいだだった。だから横にいたのがみっちゃん姉のはずがない。

それにしても珍道中だった。さなえたちは総勢八人。引率者のジャック・カロー、さなえ、渡辺ミツ、岩本澄子、後藤栄子、佐脇寿江、渕野真澄、首藤さゆり。この女性陣のなかでいちばん若いのが二十五歳のさなえ。そこから歳が開いて首藤さゆりが四十代後半で、あとの女性たちはみな五十歳以上だった。最年長が六十四歳の佐脇のひい姉だった。

ハイシーズンでもないのに成田からの飛行機は混んでいた。さなえは窓側の席にジャックと二人で座った。残りの六人は中央の四人がけ席の前後の列に四人と二人に分かれて座った。実は、チェックインのときに言われたのは、前の列に三人、その後ろの列に二人、それから離れたところに一人という配置だった。首を伸ばして遠くの仲間に話しかけるおばちゃんたちに気づいた旅慣れた若者が、群れからはぐれて座った後藤のえーこ姉と親切にも席を替わってくれた。さなえから見て、五列ほど前の中央席におばちゃんたちはかたまって座っていた。ふっちーこと渕野真澄の太い二の腕が通路にはみ出しているのが見えた。その隣が一行でいちばん小柄なみっちゃん姉だった。

離れていても、おばちゃんたちの様子は手に取るようにわかった。みっちゃん姉が座席と座席の隙間に顔を寄せて前の四人に何か言うと、「おどや!」とか「おーとーし!」とか驚きを示す間投詞が上がり、それに続いておばちゃんたちがにぎやかに笑う声がさんざめく。名は体を表わすで、五体の太い、ふっちーは座席に窮屈そうに押し込んだ肉づきのよい体を揺すって、かっかっかっかとキツツキが硬い幹をつつくような甲高い笑い声で喉を勢いよく震わせる。飛行機が離陸する前後は機内全体がざわついているからさほど気にならないが、しばらくして波が引くように機内を満たすざわめきが落ち着いたあとも、大分の海辺の田舎町から出てきた六人が談笑する楽しげな声は続いた。普段の立ち話とまったく同じ調子で、彼女たちは仕事——ほぼ全員が社会福祉協議会と町にひとつだけある民間の特別養護老人ホームで働くヘルパー仲間でもあった——やそれぞれが暮らす集落の出来事について、方言丸出しの大きな声で喋っていた。さなえは恥ずかしかった。正直なところ離れたところに座れてほっとしていた。横を見ると、ジャックは眼鏡をはずし、頭を壁に寄せて眠っていた。

ＪＥＴプログラムでカナダから二年前に町にやって来たジャック・カローは背が高く肩幅の広い筋骨たくましい好青年だった。茶色い髪を短く刈り、角張った黒ぶちの眼鏡をかけていた。彫りが深いこともあって、ひどく思い詰めたような顔つきに見えるのだが、笑うと腹の底から嬉しそうな笑い声が豪快に響き渡った。たいていブルージーンズにチェックのシャツを着て、スニーカーという恰好だった。冬はその上に赤いダウンジャケットを羽織った。夏になると、ジーンズがショーツ、スニーカーがサンダルになった。日本語はあまりうまくなかったが、それは標準語に関してであって、方言はたちまち上達した。「よだきいのお」を連発しては、町の人たちを喜ばせた。

しかし「面倒くさい」とか「厄介だ」を意味するこの語を使うのに、ジャック・カローほどふさわしくない人もいなかった。滞在しているあいだにこの土地で経験できることはみんな味わいつくしてしまおうと、町のありとあらゆる行事にエネルギッシュに参加した。祭りのときには法被《はっぴ》に鉢巻き姿で神輿をかついだし、伝統芸能の保存会の会長で和太鼓作りの名人の増尾のかず兄のところに太鼓を習いに通った。一等の賞品が五キロものブリ一匹という、冬の恒例行事である「ブリマラソン」にも参加した。町の人たちも「これはガイコツ人には珍しかろう」と思われることがあると、ジャックに必ず声をかけた。家の新築や船の新造に際し、祝いの丸餅を撒く「餅投げ」の風習が町には依然として残っていた。ジャックは集まった年寄りたちよりはるかに背が高く腕も長いので、ひとりで餅をかっさらった。ジャックさん、ジャックさん、と寄ってくる老婆たちに、ジャックは餅を惜しみなく配った。そのうち親戚でもなんでもないのに、呼ばれて餅を投げるようになっていた。ひとりで窓枠を埋め尽くすほどの、あるいは船が傾ぎそうなほどのあの巨体が現われると、集まった老婆たちは、ジャックさん、ここじゃ、ここじゃ、と両手を上げ、シャツの前を袋状に引っぱってアピールした。そして手に入れた餅にほくほく口元をゆるめながらも、「ジャックさんが投ぐる餅が当たると痛えのお」とこぼしながら手首や肩をさするのだった。

ジャック・カローは町民に愛された。そのことを、国際交流とか国際親善に理解がある——というよりは、その手の言葉がとにかく大好きな塩月町長は誰よりも喜んだ。まるでこのガイコツ人がブリや真珠と同じく町の特産品であるかのように、同じく隣市に合併されることになっていた他の町村の首長らに向かってことあるごとにジャックの自慢をした。かつて中学の英語教師であった塩月町長は、困惑気味のジャックをよそに、得意の英語で韻まで踏んで、モントリオールから来た愛すべき好青年を讃えたのだった。

ジャーック、イズ、アワー、プレジャー、エーンド、アワー、トレジャー、じゃ！

英語ができるという触れ込みで教育委員会に臨時職員としてさなえが採用されたのはそのころだ。たしかに西南学院大学文学部の英文学科を卒業してはいたが、短期留学の経験すらなく、英語での会話にはまったく自信はなかった。就職したのも大分キヤノンの関連会社で、この国際標準語を使う機会は皆無だった。むしろ同じ県でありながらも、県南とはまったくちがう県北の言葉や風土になかなか馴染めず、英語を磨くどころではなかった。

「あんたのところの子は英語ができたじゃろうが？　こっちに戻ってきて働いてみらんか？」

町役場に勤めている友人からそう打診された——電話をかけてきた母はそう言っ

た。

嘘だとすぐにわかった。町の教育委員会が英語のわかる臨時職員を募集していると聞きつけた母が、娘を呼び戻したくて塩月町長に働きかけたのだ。

母とは恐ろしいものだ。故郷から離れた県北でさなえがどんな生活を送っていたのか、すべてを察知していたかのようだった。動物的な嗅覚で何かを感じ、自分でもその何かがわからないまま勘の命ずるところに従って、さなえを家に連れ戻そうとしたのだ。

さなえはそのとき職場の上司と交際していた。二十近く年上の男だった。男の顎の剃り残しの髭のあいだに白いものが見えたりすると、あるいはパソコンに向かって仕事をする男の後ろ頭が少し薄くなっているのが目に入ると、母の非難する声が耳を打った。

「そげな年上の男と！　お父さんと年の変わらん男と！」

さなえは思わず振り返って母がいないのを確かめた。でも不倫ではないのだ。そう胸のうちで反論した。男に妻はいなかった。ずいぶん前に妻を病気で亡くしていた。

「じゃけど、子供がおるじゃねえか！　三人も！　それもおまえと年の変わらんような大きな子供が！」

もしもそこに母がいたならば、営業所の他の社員たちの向ける好奇の目も気にせず、さらに語気を強めただろう。たしかに男には子供がいた。三人も。しかし、さなえと年が変わらないというのは大げさすぎる。いちばん上の女の子は中学校二年だった。そして小六の娘、小四の息子が続いた。「子供がたった一人でも育てるのは簡単じゃねえのに」と母はため息混じりに漏らすだろう──もしそこにいたらの話だが。

結局さなえは男と別れた。男から娘を引き離すために母が地元に仕事を見つけて呼び寄せたからではない。そもそも母は娘がそんな子持ちの四十男とつきあっていることを知らなかった。しかし結果的には、母はそれと気づかずに、自分でも意識すらしていなかった目標を達成したわけだ。

男女の関係になって三ヵ月ほど経ったある日、子供たちを紹介したいと男から言われた。駅前の和食料理店で夕食を一緒に食べる約束をした。男の家族が一年に数度は利用するなじみの店だという。母親の思い出とつながった場所だ。七五三とか小学校の入学式とか特別な時にみんなで食べに来ていたのだろう。母親が家事に疲れたときにも、お母さんサービスだと言っては来ていたことだろう。

約束の日、怖じ気《おけ》をふりはらってのれんをくぐった。入り口に置かれた大きな水槽には、さなえには名前のわからない魚が泳いでいた。ガラスに張りついたアワビの肉の皺がやたらといびつに感じられた。不吉な未来をつづる文字のように見えて気味が悪かった。カウンターの前を通り、奥の座敷に入ると、男の家族が全員揃ってさなえを待っていた。

ショートヘアーの長女は笑ってしまうほど男にそっくりだった。次女は少しぽっちゃりとしていたが背が高く、立ち上がると中三の姉とそれほど変わらなかった。男の子だけがちがう顔をしていた。少し想像力を働かせれば、その顔から亡くなった母親の顔が簡単に復元できただろう。さなえは男と並んで座り、テーブルの反対側に三人で並んで座った子供たちと対面する形になった。会食は終始和やかな雰囲気で行なわれた。どんなものが出てきたのか、おいしかったのか、あまり覚えていない。男が注いでくれたビールを口に近づけたとき、コップの縁に生臭さを感じた。男に言うと、男はそのコップをさなえから受けとり、鼻を近づけた。「とくに変なにおいはせんけどなあ……」と男は首を傾げた。すると、「僕にもにおわせて」と小四の男の子がテーブル越しに上体を伸ばしてきた。「うわっ、くっせー!」と男の子が大げさな声を上げた。「魚くさいのか?」と男が訊くと、「ビールくさい」と息子が答え、「馬鹿」と男が苦笑した。それから「お姉さーん」と男は仲居さんを呼び、コップを取り替えるように言った。横柄な命令口調ではなかった。しばらくすると男の子は足を投げ出したり上の姉に寄りかかったりし始めた。そして「つまんない」を連発した。「いい？　お父さん、いい？」と次女が父親に訊くと、父親は頷いた。男の子は「やったー！」と声を上げ、部屋の壁際に置いてあった青いリュックサックから小型のゲーム機を取り出したのだった。

その夜のアクシデントといえば、どうしても飲みたいと言い張るから注文したのに結局飲みきれずに半分以上残っていたオレンジジュースのグラスを、帰り際に男の子が倒し、着ていたトレーナーとズボンを濡らしたことくらいだろう。さなえは男の子の濡れたズボンを拭こうと布巾を探したが、中三の長女は「もーっ」と声を漏らしながら、布巾を握った手をすでに弟の体の上で動かしていた。「これも使って」とさなえは別の布巾を長女に渡した。顔の赤らんだ父親は麦焼酎を飲みながら、「馬鹿」と小さく吐き捨てただけだった。それを聞いて、一瞬、次女の目が不安そうに曇った。その次女と目が合った。次女は困ったような笑みを浮かべた。かいがいしく弟の面倒を見ながらも、長女は妹の顔に表われたその笑みを見逃さなかった。この男と一緒になっても何とかなるかもしれない。ふとそんなことを思った。ところが、その日、おそらくその瞬間を境に、男に対する気持ちは次第に冷めていった。

窓の外に島が見えた。ひとつ目の寄港地である黒島だった。島はだんだんと大きくなっていき、海沿いにこぢんまりと密集した家々が見えた。ひときわ大きなクリーム色の建物は小学校か中学校の校舎だろう。ブルーマリン号はコンクリートの突堤のそばを抜けて港に入った。

突堤には、灰をかぶったような毛色の犬を連れた老婆が立ち、すぐそばで座って釣り糸を垂らす老人に向かってしきりに何か喋っていた。犬が船に吠えていた。でもエンジンの音のせいでまったく聞こえなかった。激しく動く犬の口は沈黙の塊を連射しているかのようだった。横を見ると希敏はまだ眠っていた。窓から差してくる光で、息子の頰の産毛が金色の炎となって輝いていた。

港に船を待つ人はいなかった。たった二人の乗客であるさなえと希敏の行き先は文島だったので降りる人もいなかった。

長い桟橋の側面に船は接岸した。船長は船から降りると、手際よく舫《もや》い綱をかけ、日だまりで煙草に火をつけた。さなえも外に出て一服したくなった。

窓の外に、港へと続く道を、ゆっくりと自転車を漕ぎながら通り過ぎて行く老いた漁師の姿が見えた。船長が手を上げて挨拶した。大きな陰のなかに深く沈み込んで眠りこける山の草木や家々が見る夢のなかを、それらの夢を縫い合わせる糸となって漁師が進んでいるように見えた。その光景にどこかで見た映画の一場面のような懐かしさを感じた。希敏を揺り起こして外の風景に目を向けさせたかった。肩に手をかけ、激しく揺さぶりたい衝動に駆られた。動かなくなった電動のおもちゃを激しく振ると、何かの拍子で摩耗していた部品同士がうまい具合に嚙み合って、ふたたび動き出すことがある。そんなふうに希敏のなかでも何かがカチッとはまって……。いや、そうはならない、ならないのだ。息子を青あざが残るくらいつかんでは、何度も激しく、それこそ母のほうが何かに憑かれたように激しく揺さぶった。それは息子に取り憑いたあの引きちぎられたミミズを永久に追放するためだった。しかし息子を当のミミズに変える結果しか生まなかった。

窓の外に見える船長の顔を覆うサングラスに光が反射した。さなえは驚いた。船長がやめろと手を振ったのだ。船長には、ということは、この町の人たちの誰にも、さなえの心のうちが見えているのではないか――そんなありえないことを一瞬信じそうになった。

ちがう。

船長はさなえを制止したのではなかった。さっと腕を振ったのは、煙草を放り捨てるためだった。それから、ちらりと腕時計を見ると船に戻った。舫い綱をはずして船内に放り投げた。エンジンが唸り、船体がぶるると震えた。何のアナウンスもなく船は動き出した。最初は窓を覆っていた島がどんどん遠ざかっていった。窓の外を眺めていると、船の揺れもあいまって記憶は九年前のカナダ旅行に誘われた。

初めての海外旅行は何もかもが珍しかった。乗り換えで次の飛行機に乗り込むたびに、身を乗り出して外の景色を眺めた。空港はどれも似たようでいてどれも違った。成田からシカゴへの便で、外を見ようと首を伸ばしていると、窓側に座ったジャック・カローがおかしそうに訊いてきた。

「さなえ、そげえ外の景色が見てえんか？　あとで席、替わるか？」

その方言には、ほほえましい響きがつねにあった。さなえは首を振った。

機内食の前の飲み物のサービスの際にジャックはビールを頼んだ。同行のおばちゃんたちのほうを見ると、「何を飲むか」「あんたは何にするんか？」「何があるんじゃろうか」「さあ何じゃろうか。いろいろあるようじゃの」「あんた、ちょっと見てくり」「いやど、あんた自分で訊け」「わたしゃ英語はわからん」「日本語でもいいんじゃが」「ほんとかい？」と本人たちはささやいているつもりなのだが、興奮気味の声が聞こえてきた。その様子が気になっていたものだから、後方から「何になさいますか」とキャビンアテンダントに尋ねられたとき、どきりとした。何も考えず「ビールをお願いします」と答えた。

大学二年の夏休みに、仲のよい坂田奈緒という友達を連れて帰省した。父は娘の友達の前で感じのよい父親を演じようとした。夕飯の席で坂田奈緒にしきりに酒を勧めた。「いただきまーす」と父から酌をしてもらいながら、次々と杯を傾けていた坂田奈緒が、さなえのほうを見て「あれ、さな、どうしたん？　きょうは全然飲まんね」などと言うものだから、さなえはひどく気まずかった。ちらと横を見ると、母の顔が一瞬しかめられるのが見えた。坂田奈緒は食事のあと、それなりに気を使って「ちょっと一服してきます」と庭に出ていった。その後ろ姿を見つめながら、「おなごが煙草なんぞ吸うて」と母が眉間に皺を寄せて――しかし自分の娘に聞こえるようにはっきりと――つぶやいた。

さなえは大学のときにはまだ煙草は吸っていなかった。就職して三人の子持ちの男やもめとつきあうようになってから、メンソールの煙草を吸うようになっていた。帰省する前には、服のポケットはもちろんショルダーバッグにも煙草の箱が入ってないのを確認しなければならなかった。持ち物検査でもするかのように、母はさなえのバッグを勝手に覗く癖があったからだ。その現場をおさえて母に食ってかかったこともあった。娘の剣幕に圧倒されて、「ごめんごめん悪かった、じゃから悪かったたって言いよるじゃねえか」と母はくり返した。だが口先だけだった。何の罪の意識もなかった。犬が他の犬の尻に鼻先をつけて嗅ぐように、母は娘のバッグに鼻先を突っ込むのだ。

においでばれるだろうから（父は喫煙者ではなかった）、家で吸うのは論外だった。しかしおいそれと外で吸うわけにもいかない。過疎と高齢化の波に洗われる町には人の気配のない場所はいくらでもあった。昼さがりの波止場、窓ガラスの割れた廃業した小さな紡績工場、自動車修理・整備業者の所有する、錆の目立つ中古車がおもちゃ箱をひっくり返したように乱雑に置かれた空き地。しかしいまどき、田舎の不良中高生でもそんなところでこそこそ煙草を吸ったりしない。

坂田奈緒とさなえは二人で湾に突き出した防波堤の上を歩いた。巨大なコンクリートの建造物はさなえが子供のころ護岸工事の一環で作られたものだが、はるか昔から存在しているような気がした。防波堤の先に老人がひとり立っていた。紺色のニット帽からくしゃくしゃのつやのない白髪がはみ出していた。だぶだぶの黒い上下のジャージを着て、有名なメーカーのものと似ているが絶対にちがうロゴのついた安物のスニーカーを履き、背中を丸めて煙草を吸っていた。カドのてる兄と呼ばれている人だった。

「カド」は名字ではなくて屋号だということだったが、それが何を意味するのかさなえは知らなかった。てる兄には息子が二人いた。二人とも父の教え子だった。安藤しぇんしぇいには世話になった。そう言って折りにふれて魚を持ってきた。久しぶりに目にしたてる兄は昔のままだった。目元から口の周囲に至るまで彫刻刀でえぐられたような深い皺が刻まれていた。目鼻の造作が小さい上に、真っ黒に日焼けしているために遠くからだと表情がわからない。濁った白目ばかりが目についた。

てる兄が煙草を吸っているのを見て、坂田奈緒は着ていた黄色いパーカーのポケットからセーラム・スーパーライトの箱を取り出した。ライターを持っていないことに気づき、「すいませーん」とてる兄に声をかけた。近寄ってくる坂田奈緒に「火か？」と答えながら、てる兄は指に挟んだ煙草を差し出した。坂田奈緒は煙草を口にくわえたまま少し前かがみになって、煙草の先端を赤い火口に寄せた。深く息を吸い込みながら体を起こし、ふうーっと大きく吐き出すと、自分とあまり背丈の変わらない小柄な老人に「ありがとうございまーす」と礼を言った。てる兄が「ふふん」と鼻を鳴らす音がはっきりと聞こえた。口元が歪んでいた。満足の笑みだった。ずっとさなえはそう思っていた。

ところが坂田奈緒が福岡に帰ったあと、クロダイを持ってきたてる兄が勝手口で母に言うのが聞こえた。「おなごめろが煙草なんどすぱすぱ吸うて」そしててる兄は「ふふん」と鼻を鳴らした。

てる兄ともう二度と口をきくまいとそのとき思った。しかし同時に、顔を合わせたらそんなことはできない気もした。ここは誰もが顔見知りの小さな集落だった。

だんだん接近してくる文島の港を見ながら、あれ以来てる兄に会っていないことにさなえは気づいた。坂田奈緒ともずっと連絡を取っていなかった。最後に電話で話をしたのは、カナダ旅行から帰ったあとだった。いかに大変な旅行だったかをさなえは面白おかしく、多少の誇張を交えながら喋った。しかし携帯電話の向こうから聞こえてくる聞き手の相づちは、語り手の熱意を砕くそっけないものだった。心ここにあらずといった感じの親友の反応にさなえは失望した。

あのとき坂田奈緒の母親が末期癌で入院中だったと知っていたら、さなえはあんなにはがっかりしなかっただろう。こんなふうに音信不通にもならなかったかもしれない。しかし坂田奈緒は彼女の抱えている不安を何も教えてくれなかったのだ。カナダで知り合った男のことを訊かれもしないのに嬉々として話そうとしていたさなえとは大違いだった。坂田奈緒は母親の病気を誰にも話していなかった。さなえはそれを数年前、母からの電話がきっかけで知ることになった。

「坂田奈緒っちゅうたら、あんたが大学生のときに連れてきた子じゃろうが？」

母の口からその名前を聞いて、さなえは驚いた。

「そうだけど、どうしたの？」

「お母さんがのうなったらしいど……。喪中で年賀状が送られんっちゅう葉書が来た」

さなえは黙り込んでしまった。

不安から発しているにもかかわらず滑稽にしか響かない母の声が喋り続けた。

「あの子のお母さんじゃったら、わたしと同じくらいか、わたしよりまだ若《わけ》えくらいじゃったろう？　病気じゃろうかのお？　怖《お》じいのお……。お母さんもなんか最近、乳のところにしこりがあるような気がするんよのお……。検診に行ってみらんといけんのお」

坂田奈緒と連絡を再開するための最後の機会だったのかもしれない。実際にさなえは電話とメールを試みたが、ともに使われていなかった。葉書に書いてあった住所にお悔やみの手紙も書いたが返事はなかった。最終的には、Facebookを通じて坂田奈緒と同じ高校から来た大学時代の友人となんとか連絡が取れた。そこで、坂田奈緒の母親が癌で病死したことを確認したのだ。

坂田奈緒と最後に電話で話したときの自分の能天気ぶりを思い出して恥ずかしくなった。あのとき、カナダでの珍道中について語りながら、さなえは実際には、生まれつつある予感を覚えていた恋について語ろうとしていたのだ。ハイになった口調だった。発酵しつつあった恋に酩酊していたのだ。だがその恋はとっくの昔に終わっていた。いまから思えば、あれは発酵でなく腐敗だった。

その腐敗から生じた毒がさなえの体を通して息子に伝わってしまったのだろうか。だとしたら、すべてはさなえのせいだ。膝の上に置かれている希敏の頭が寝苦しそうに動いた。汗で少し濡れた希敏の髪をそっと撫でた。

さなえは渡辺ミツのことを、その息子のことを考えずにはいられなかった。みっちゃん姉の息子が重篤な病で大学病院に入院している。

みっちゃん姉に子供が何人いるのかさなえは知らない。ただ九年前の旅行のとき、何度か息子さんの話が出たのは覚えている。太平洋を越えていく飛行機のなかで赤ん坊が激しく泣き叫ぶのを聞きながら、みっちゃん姉が、誰に向かってなのか、周囲の苛立ちをなだめるように、いやそれに反発するように、子供は泣くものだと強く言ったのを覚えている。しかしそれが間違った記憶だとわかってもいる。行きも帰りも成田―シカゴ間の飛行機で隣に座っていたのはジャックだったからだ。なのに、さなえにはみっちゃん姉の声を聞いた記憶があるのだ。その声は、雲を引き裂いて海原の上に飛び散る銀色の光の針のようにあたりを照らし出したかと思えば、たちまち力を失い、小さな入り江の暗い水面で行き場を失って揺れる夕暮れの淡い光になった。「うちの子も泣いてのお。いくらあやしても泣きやまんかった。どげえしても泣きやまんかった」

たしかに耳に残っている。

その「うちの子」が、いま大学病院に入院中の息子さんにちがいなかった。

トロントで二日過ごしたあと、飛行機で移動し、モントリオールに着いたのは午後六時だった。六月だったので外はまだずいぶん明るかった。カナダのいつまでも沈まない太陽に一行は驚かされた。日が暮れるとすぐに寝る習慣の町のおばちゃんたちは、時差ボケまで加わって不規則になった睡眠に苦しんだ。「布団に入っても寝られん、なーんも寝られん」とえーこ姉こと後藤栄子がこぼした。

一行はレストランにいた。明るい陽射しを惜しむように、通りには人がたくさんいた。さまざまな肌や髪の色にさまざまな体型。色鮮やかな服。いろいろな響きの言葉。予約しておいたモントリオール大学の近くのホテルに荷物を置かせると、ジャック・カローは夕食を取ろうと一行を連れ出した。「そげえ外食ばかりしよったら銭がかかる。わたしどもはスーパーでおかずを買《こ》うて食うたらいいんじゃが、ジャックさん」と九州の港町の締まり屋の女たちはしぶったが、「おごり、おごり、わしのおごりじゃ」と勝手知ったる故郷の街に戻ったジャックが普段よりも滑らかな方言で、その方言ネイティブの女たちを説得した。

しかしジャック・カローが目星をつけていたレストランは混んでいて入れなかった。仕方なくチェーンのレストランに行った。そこも客はいっぱいだったが、さほど離れていない二つのテーブルに分かれて座ることができた。聞こえてくるのは英語とフランス語だけではないようだった。中国語や韓国語も聞こえた。店内を満たすくぐもった話し声は、カチカチと食器やグラスが鳴る音と混じり、込み入った幾何学模様の魔法の絨毯《じゅうたん》を織り上げた。それに乗せられたさなえは、誰もが外国人であり同時に誰の故郷でもあるような土地を夢想した。ドスン！　その絨毯から九州の小さな海辺の集落に飛び降りたのは、ふっちーこと渕野真澄だった。一行のなかでいちばん巨体のふっちーは、大きな体を揺すって笑った。「あたしも、なーんも眠られん。疲れすぎたら眠られんもんなんじゃなあ。こっちに来てから毎日、朝から晩まで歩き回ってくたくたじゃ。もう一生分は歩いた。足がぱんぱんじゃ」。それを聞いて岩本のすみ姉が「あんたは歩かんでもいつもぱんぱんじゃ」と言うと頬をふくらませ、みんなを笑わせた。からかいの的、それもかなり大きな的となったふっちー自身も、あのキツツキが木を叩くようなけたたましい笑い声を上げた。口元を隠して遠慮がちに笑うさなえに気づいて、「さなえちゃん、あんたはどうな？　若え人は慣れるのが早いから、時差ボケももう治ったじゃろ？」とすみ姉が訊いてきた。「そうやなあ、寝られんってことはねえなあ。毎日動き回ってちょうどいい具合に疲れるからじゃろうか、夜はぐっすり眠られる」とさなえが言い終わらないうちに、「ヴォワラー」と横から大きな声がした。ウェイトレスがどんと大皿をテーブルの上に置いた。

「ジャックさん、こりゃ何な？」とすみ姉がジャック・カローに尋ねた。山盛りのフライドポテトの上に茶色いソースとトロりと溶けたチーズがたっぷりかけられていた。「なんかーい、この泥水のようなもんは？」とふっちーが声を上げた。「泥水っちゅうか腹でも下したときの大便のようにあるな」とみんなの気持ちを代弁してすみ姉がささやいた。「気持ちわりいのお。こげなもんが食わるるんかーい？」

そのざわめきに対して、ジャック・カローが、彼の故郷から約一万キロ離れた――そしてこの国際都市とは似ても似つかぬ――小さな入り江に面した集落の言葉で答えた。「これは、プツィーヌじゃ。ケベックの郷土料理じゃ」

「なんて言うた、ジャックさん？」とみっちゃん姉が訊いた。

「プツィーヌじゃ、みっちゃん姉」とジャックが答えた。

「忘れんように書いておこう」

みっちゃん姉は膝に抱えていた赤いリュックのファスナーを開き、ごそごそやると、ボールペンと小さなノートを取り出した。そして「プチーヌ。ケベックの郷土料理」とつぶやきながらノートに書き入れた。

「さすがは、みっちゃん、勉強熱心じゃ」とすみ姉が言った。

「それ、かわいいなあ」とさなえは言った。

みっちゃん姉が顔を上げた。

「その赤いリュック」と言って、さなえは指差した。

みっちゃん姉の顔に明るい色の花が、嬉しそうな笑みが、ぱっと広がった。

「ああ、これな？　これはな、息子が買うてくれたんで。旅行に持っていけって」

さなえの隣に座っていた岩本のすみ姉がふたたび声を漏らした。

「それにしたって見た目が悪いわ、この料理は」

「ほんとに食わるるんかーい？」

目の前に鎮座した気味の悪いソースのかかった食べ物そのものに尋ねるように、ふっちーが言った。明らかにカロリー過剰なその料理はもちろん返事をしなかったが、そこに注がれていた視線が瞬時に、ふっちーに向けられた。その視線に気づいたふっちーは、そんな必要もないのに、みんなの期待を裏切れずに叫んだ。「食われん、食われん！　あたしゃ、こげなもんを食うたら、まーた肥えてしまう！」

驚いた鳥の群れが一斉に舞い上がるように笑い声が上がった。そこに屈託なく加わったジャックが実に見事な方言で言った。

「しゃーねー！　しゃねーが！」

大丈夫だ、大丈夫、と言いながら、ジャックは思わせぶりに目配せをした。なるほど。プツィーヌを運んできたウェイトレス、くせの強そうな長い黒髪を後ろに束ね、意志の強そうな額をした、ラテン系とアフリカ系の血筋を引いたとおぼしき若い女性は朗らかなほど肉づきがよかった。「なんと、なんと、立派な尻じゃのお」と一行でいちばん尻の大きなふっちーが声を漏らした。「わたしの尻が牛の尻なら、こん人の尻は象の尻じゃ！」

実際のところ、町ではその肥えっぷりがみなの目を惹くふっちーの体格も、アメリカ大陸に着いてからはむしろ控えめに見えるほど、周囲は立派な体格の女性だらけだった。ジャック・カローの仕草に、いやんだ、おどや、いけん、と九州の海辺の集落から来た女性たちは、舞い戻ってきた鳥の群れが地面の虫をくちばしの先で奪い合うように笑った。ウェイトレスはウェイトレスで、自分が話題にされているのを知ってか知らずか、いま目の前で奇矯な声を上げている、どれも目鼻立ちのはっきりしない顔をした小柄な東洋人女性たちを、進化の系統樹から切り離されて枯死しつつある珍奇な鳥の群れでも目にしているかのように、いぶかしげな視線で眺めていた。

レストランでの夕食のときには、毎日よく眠られると言ったさなえだったが、その晩は夜中に目が覚めてしまった。二階の通りに面したツインの部屋に補助用のベッドを入れてもらい、さなえはみっちゃん姉とふっちーと同じ部屋に三人で泊まった。ジャック・カローは自宅に泊まり、翌朝九時にホテルのロビーに迎えに現われ、一日市内を案内してくれることになっていた。友達を連れてくるという。「おなごか？」とふっちーが全身にひときわ脂の乗ったいたずらな好奇心をみなぎらせて尋ねると、ジャックは、わははは、と磊落《らいらく》に笑った。「ちがう、ちがう、男じゃ」

部屋は暗かった。枕元に置いていた腕時計を見るとまだ三時半だった。真ん中のベッドでふっちーはぐっすり眠っていた。心地よさそうないびきをかいていた。外の通りでは、低く唸るトラックの音とガタゴトと大きな物が揺れる音が闇を震わせていた。身を起こして窓を見ると人影があった。みっちゃん姉だった。カーテンの隙間から通りを眺めていた。

「どうしたん？」とさなえは小声で訊いた。

「どうりで街がきれいなはずじゃなあ」

感嘆を抑えきれない声だった。

「ほら、さなえちゃん、見てみぃ」

街灯に照らし出された下の通りには、大きなトラックが停車していた。

「全然ちがうのお……。見てみぃ、人の背ほどもあるタイヤがついちょる」とみっちゃん姉の感嘆は尽きなかった。

下の街路に停車して作業をするゴミ収集車は、たしかに田舎の町で見かける水産会社のいちばん大きなトラックよりもはるかに大きかった。ヘルメットをかぶり、蛍光テープのついた作業着を着て、ゴム製の手袋をした肌の黒い作業員たちが、ドラム缶大のゴミ箱を引きずっていく。濡れたように銀色に光る石畳の上を転がるゴミ箱の車輪のガラガラという乾いた音が、通りの両側に立ち並ぶ石造りの建物に反響した。

「ほら、見てみぃ、さなえちゃん。よう出来ておるのお、ゴミ箱がみな同じ形をしておるんは理由があるんじゃの」

ゴミ箱は重そうだったが、作業員たちは少し傾けるだけでよかった。トラックの開口部に付属したフックに、ゴミ箱は二つきれいに並んで引っかけられる。作業員が手袋をはめた手でボタンを押す。モーターが回転する音がして、持ち上げられたゴミ箱は大きく斜めに傾く。その動きで自然に蓋が開き、中のゴミが放出されるのだ。

「便利じゃのお。あれじゃったら作業も楽じゃ」

みっちゃん姉は田舎の星空を初めて見た都会の子のように目を輝かせて、夜明け前のゴミ収集の仕事の進展を見つめていた。まるでカナダまで来ることになった目的を達成したかのようだった。

「わたしは思ったんよ。どうしてこんなに街がきれいなんじゃろうかって。これほど大きな街じゃのに、どうしてゴミ箱があんまりねえんじゃろうかって」

ごろごろ、がらん、がらん。空になったゴミ箱が元あった場所に引かれていく音が響いた。

「ほら、ほら、いまあの建物の入り口の扉のところにゴミ箱を戻したけど、さなえちゃん、昼間はあそこにゴミ箱はなかったんで」

そこにゴミ箱がなかったことにさなえは気づきさえしなかった。

「昼のあいだは建物のなかにゴミ箱は置いてあるんじゃろうな。通りを歩く人の目につかんように。日が暮れたらゴミ箱を通りに出して、こうやって大きなゴミ収集車で夜が明くるまでに集めてしまうんじゃな。それだけじゃねえで、大きな放水車も来て、バーッと水をかけて通りをきれいに洗い流しておる。うまいこと考えておる。頭がいい人がおるもんじゃ」

「でもみっちゃん姉」とさなえは訊いた。「どうしてそんなことに興味があるの？」

「興味？」

みっちゃん姉は質問の意味がよくわからないようだった。

「だって、普通の人は通りにゴミ箱があるとかないとか気にして見たりせんじゃろ？」

「そうかのお？」

みっちゃん姉は少し神妙な顔つきになって言った。

「もしかしたら、うちのお父さんと息子がゴミ取りをしよるからかのお……」

「ゴミ取り？　みっちゃん姉の旦那さんと息子さんはゴミ収集車に乗っちょるの？」

みっちゃん姉は頷いた。朝の接近に漆黒の滑らかさを失いつつある夜を、ふっちーのいびきが刃こぼれしたチェーンソーのように細切れにしていた。

「二人とも？　役場に勤めておるん？」

みっちゃん姉の顔におかしそうな笑みが広がった。

「さなえちゃん、あんた、いつの時代の話をしとるんで。ゴミ取りはもうだいぶ前から民間の業者が委託されてやっておるんで」

「ええ、そうなん?」とさなえは本当に驚いた。「わたしが小さなときから高校くらいのときまで、背が小さくて肥えた大黒さんみたいなおじさんと、頰から顎にかけて大きな火傷《やけど》の痕がある背の高いやせたおじさんが、清掃車に乗ってゴミ取りに来ておったんじゃけど、あの人たちは役場の人じゃ、おれと同じ公務員じゃ、って父が言いよったから……」

「小太りの大黒さんと背の高《たけ》え火傷の痕……。ああ! その二人はな、おばちゃんのところ、鷹ノ浦の人じゃ! 日高のせっちゃん兄と片山のまき兄じゃ!」そう言うと、みっちゃん姉は笑った。「じゃけど、あんた、どんだけ昔の話をしちょるんか。二人が役場を辞めたんはもうだいぶ前じゃ。まき兄はこのあいだ死んでしもうた……」

「ほんと? そうかあ、そうじゃなあ……。わたしが小学生のときに二人とももうおじいさんみたいに見えちょったもんなあ……」

「うちの息子をようかわいがってくれてなあ……。二人とも中学しか出てねえのに、町会議員をしておったうちのおじいさんの口ききで役場に入れてもろうたって、ずっとうちにようしてくれてなあ……」

「義理堅い人たちなんじゃなあ」

懐かしそうに話していたみっちゃん姉がふと思い出したように言った。

「まき兄の顔の傷な、あれは火傷の痕じゃねえんで」

「え？」

「まき兄には若えときにはあげな痕はなかったらしい。役場に雇われてゴミ取りの仕事をするようになってからできた痕なんじゃ。なんでも、漁協前に置かれたゴミ箱のなかにな、誰がやったんか知らんけど、猿の死体が何匹か突っ込まれておったことがあったらしい」

「猿の死体……。なんで……？」

「さあのお……」みっちゃん姉は首を傾げた。「いまとちがって猿が畑に降りてきたり家のなかに入ってきたりして悪さをするような時代じゃなかったんじゃから、猿を殺す理由なんかなーんもねえのになあ。ゴミ箱から小さな猿の手が出ておって、それを見たときにはまき兄たちも本当にたまがったらしいわ。パッカー車に放り込むんも気持ち悪いからって、まき兄はその猿の死体をな、そのまま海に放り込んだらしいんじゃや！」

らなあ」

「海に？　そんなことしていいん？」

「そりゃ、いけん！　いまじゃったらいけんわ！」とみっちゃん姉は目を丸くして言った。「じゃけど、むかしはなーんも考えんでゴミでも何でもみな海に放りよったからなあ」

さなえは海に浮かんだいくつもの猿の死体を思い浮かべて身震いした。

「そのあとじゃ」とみっちゃん姉が話を続けた。「まき兄は猿の死体を持った手で汗を拭うたんじゃ。もちろん猿を捨てたときにはめておった手袋は脱いでおったんで。それなのに、その拭うたところがなんかひりひりしてな、次の日の朝起きたら、顔にあの火傷の痕のような痣《あざ》ができておったっちゅうんじゃ。みな気色悪がってのお。まき兄がうちに寄ってくれたとき、いつもならうちの息子を肩にかついで『猿恰好』してくれるんじゃけど、あげなことのあとじゃから気味が悪うて、息子を近づけんようにしておった。そしたら海軍出で迷信やらが何よりも好かんうちのおじいさんが、しゃーねえー、しゃーねえー、って言うて、まき兄がうちの子を抱いたんじゃ……。もしかしたらじゃけど、あれがいけんかったんかのお……」

「何がいけんかったん……？」とさなえは遠慮がちに尋ねた。

みっちゃん姉はほほえんだ。声が小さくなっていた。

「うちの息子はなあ、勉強も運動もでけんかったから。高校は出たけんど、就けるような仕事もねえで、お父さんと一緒に土方をしておったんよ。でも町の土建会社も潰れて、それでも数年前までは東九州自動車道の仕事があって、双栄土建に雇ってもらっておったんじゃけど。双栄も潰れてしもうてなあ……。しばらく失業保険をもらっておったんじゃけど、ちょうどそのころよ、日高のせっちゃん兄、あんたが大黒さんのようにあるって言うた人のほうが、産廃の会社を作って、町のゴミ事業を入札で取ったんじゃ。おじいさんに恩があるからって、うちのお父さんに『息子と一緒に働きに来たらいい』って声をかけてくれてな……」

みっちゃん姉はひとつ大きなため息をついた。

「ときどき思うんよなあ……。あのとき、猿の死体を捨てた手で、まき兄に抱かれたんがケチのつき始めじゃったんじゃろう、って……」

自分の母と同じようなものの考え方をする人がここにもいた。

「でもいまはその会社で働いておるんじゃろ？」

夜明け前のモントリオールの街で作業するゴミ収集のトラックの音が遠くなっていった。

「うん。でも、それもいつまで続くかわからんのよ……」

何と言えばよいのかわからなかった。みっちゃん姉がふたたび口を開くのを待った。

「市町村合併のあとにじきに入札があるらしいから。せっちゃん兄の会社が次に仕事が取られるかどうかわからん……。かりに仕事がのうなってもな、年も年じゃからお父さんはいいんじゃけど、息子はなあ……。お父さんが一緒についておらんかったら、あの子はどうなるんじゃろうか……。わたしらが死んだあともあの子がひとりで生きていけるんじゃろうか……」

さなえはそこにいたけれど、みっちゃん姉はさなえではなく自分自身に語りかけていた。周囲の闇が震えていた。ふっちーのいびきのせいだけではなかった。さなえは気づいた。しかしその存在に気づいても驚きはしなかった。窓を背にしたみっちゃん姉のすぐ後ろに悲しみが立っていた。それはみっちゃん姉のそばにずっといたのだけれど、日の光の下では見えなかったのだ。悲しみはいま薄暗がりのなかで初めてその姿を現わし、みっちゃん姉の肩を優しくさすっていた。しかし悲しみが行なうそんな慰めの仕草は、さすられる者とそれに気づいてしまった者の心の痛みを増すだけだった。答えがわかっているのに問いを発せずにはいられないのはなぜだろう。さなえはようやく口にした。

「でも……、次のときにも……入札がうまく行って……、おばちゃんの旦那さんと息子さんが仕事をずっと続けられるといいなあ……」

「ほんとよ、さなえちゃん。ありがとうな」


文島の桟橋にはブルーマリン号の到着を待つ人の姿があった。明らかに島民ではないとわかる人たちが五人近くいた。そればかりか港に面して並ぶ何軒かの民宿の前にもやはり五、六人いた。彼らはみなさなえの両親と同世代に見えた。リュックを背負い、帽子をかぶり、首にタオルを巻き付けて、足下にはトレッキングシューズ。首から立派なカメラをぶら下げている人もいた。病気を寄せつけないという厄除けの貝殻が散らばる砂浜で知られていたこの島に、最近では太平洋を見渡す山からの素晴らしい眺望を求めて人が集まるようになっていた。

その話を聞いた母は嘆息した。

「そげなたいした景色じゃとは思わんかったけどのお……。それがいまではよそから人が来てくるるからって、わざわざ道まで作ったんじゃからの。じゃけど、しょっちゅう来るわけでもなし。歩くのは猪と鹿くらいじゃ。税金の無駄づかいじゃ」

「でも、どうして知られるようになったんだろ？」

さなえは独り言を言ったつもりだったが、耳ざとい母は即座に答えた。

「ほら、フロクじゃねえでブラクじゃねえで、なんじゃったか、そういうやつに誰かが書いてから有名になったらしいわ」

「ブログ」とさなえは今度は聞こえるように言った。

「それ、それ」と撒き餌《え》に食いつく魚のように母が言った。「それでぼつぼつ人が来るようになったんじゃ」

外見だけでなく、何よりも聞こえてくる会話の断片からも、文島の港で定期船を待つ人々がこの地方の人間でないとすぐに知れた。孫がいてもおかしくない人たちだからか、下船するさなえたちとすれ違うときに、希敏に「かわいいねえ」と気さくに声をかけてくれた。しかしその優しい視線の初老の人たちが息子の視界に存在しているのかどうかはわからなかった。息子の目を見ると、長い睫毛が朝の光と親しげに戯れていた。降りそそぐ「かわいいねえ」の言葉も、天使のような横顔には何の変化ももたらさなかった。でも何も感じていないはずがなかった。だから、そこに隠されているにちがいない照れや喜びを引き出すためにも、指を伸ばし、息子の柔らかい頬をつまみたくなる。それでも出てこないのなら、さらに力を込めて、つねらなければならない。ひねりあげなくてはいけない。そうなったとしても仕方ない。息子は泣くだろう。そうなれば、美しい天使のなかに埋もれた本物の息子が現われるだろう。でもこれまで天使から出てきたのは、引きちぎられたミミズだった。踏みにじられ激しく身をよじらせるミミズだった。体液を飛び散らせ苦痛に悶絶し躍り狂うミミズだった。

気づけば、ブルーマリン号は岸から離れ、沖に向かっていた。船室に入らず甲板に出ていた人たちが希敏に向かって、バイバーイと手を振っていた。さなえは素早く希敏の背後に腰をかがめると後ろから希敏の手首を握った。振らせようとしたけれど無理だった。小さな体の両側にぴたりと添えられた両腕は、かたくなにしまい込まれた鳥の翼のようだった。鳥は自由に飛翔するのがいちばんなのだ。自由に飛んでいいのに、それを邪魔するものは何もないのに、そして翼を広げて飛んでくれと懇願されてもいるのに、どうして翼を折りたたんだままでいられるのか。

おまえが翼を折ったからだ。

そう非難されているようで、さなえはちがう、そうじゃない、と否定する代わりに、息子の手をつかんだ。

あたりの空気を震わせていたブルーマリン号のエンジン音が変化した。ど、ど、ど、ど、と島の背をなす山に反響した。音は船のエンジンからではなく、耳の奥から聞こえてくるようだった。

さなえは息子の手首をさらにきつく握りしめた。

そのとき記憶が甦った。こんなふうに手首をつかまれたことがあった。

その記憶をたぐり寄せようと、さなえはぐいっと息子の手を強く引っぱった。そして怒ったように歩き出していた。

いったいどこに向かっているのだろう？　何をしにこんなところまで来たのだろう？

さなえは首を振った。もちろんみっちゃん姉の息子さんのお見舞いに持っていく貝殻を集めるためにここに来たのだ。なのに、その理由をそもそも自分が信じていない気がする。

そんな非現実感に捉えられたのは、ここが過疎であるはずの島なのに、その現実が嘘であるかのように、周囲を見渡せば、山の頂上を目指すトレッキング客の姿がちらほらと見受けられるからだろうか。子連れはさなえだけだった。彼らの目に、二人はどんなふうに映っているのだろうか。いやがる子供を無理矢理どこかに連れて行こうとする母親？　しかし希敏は泣いてもいなかったし、抵抗もしていなかった。手を引かれるがまま歩いていた。さなえは早足になっていたが、希敏は遅れずについてきた。道沿いには、雑草が生い茂った空き地があるかと思えば、鹿や猿よけのネットで覆われた、なすやきゅうりやかぼちゃの畑もあった。

母の故郷ではあるが、さなえには文島の記憶はなかった。訪れた記憶がないのに、厄除けの貝殻が見つかる浜への道がわかっていた。母ならその理由を簡単に説明できるだろう。「おまえが腹のなかにおったときに何回か歩いたからのお」

人は胎児のときの経験を覚えている。そう母は信じて疑わなかった。母はさなえを授かるまでに二回、流産をしていた。さなえの妊娠がわかったとき、母は今度こそ無事に元気な赤ちゃんが産まれるよう、故郷の文島に戻り、貝殻を採りに行ったのだ。

しかし、さなえにはそれだけではないとわかっていた。さなえを導いているのは、母の子宮にいたときの記憶というよりも、みっちゃん姉だった。さなえはただみっちゃん姉のあとを追っているだけだった。

というのも、さなえの目の前には、みっちゃん姉が歩いていたからだ。

いや、さなえたちの前を迷いなく進んでいく初老の女性は、もしかしたらみっちゃん姉ではなくて、この島にトレッキングに来た同じ年恰好の女性なのかもしれない。しかし小柄で少し猫背気味の姿には見覚えがあった。みっちゃん姉その人だとしか思えなかった。何よりもその小さな背中に赤いリュックがあった。あれはカナダ旅行のあいだずっとみっちゃん姉が背負っていたリュックにほかならなかった。

どうしてみっちゃん姉がこんなところにいるのか。

いても不思議ではなかった。

理由は知りたくなかった。でもわかっていた。

赤いリュックに視線を結びつけられたまま、さなえはみっちゃん姉だけを追いかけた。港も、小さな集落をなす家々も、公民館か学校とおぼしき建物も、その背後の緑の山も、さなえたちを運んだ船も、白い航跡が消えて静まった海も、すべてがまるで昼寝から目覚めたばかりの子供の意識のなかにある風景のように現実感を欠いていた。空や雲やトンビや山や木や道や車や家や自転車や電信柱や壁や網や綱や船や海や筏やフロート、潮のにおい、腐った魚だか貝だか養殖用の餌だかのにおい、漁船の軽油やワイヤーのにおい、頬を撫で髪を散らす風、ぽかぽかとした陽光、額や脇の下をじっとりと濡らす汗の感触――眠りによって隠され遠ざけられていたものが、餌に群がる飢えた獣のように、目覚めた者の意識めがけてわっと容赦なく押し寄せてくる。

前をみっちゃん姉が歩いていなければ、さなえはその場に頽《くずお》れていたかもしれない。さなえは泣きたかった。眠りから目覚めた小さな子供のように。

しかし泣いているのは眠れない赤ん坊だった。静まりかえった暗い機内のどこか、それほど遠くないところから激しく泣く声が聞こえる。痛々しかった。「泣いちょるの」とことさら声をひそめようとするがゆえに耳に立つ声で、岩本のすみ姉だか佐脇のひい姉だかが漏らす。「まこと泣いちょる」とふっちーだか後藤のえーこ姉が大きな声で答える。「まこと、まこと」と声が唱和し、さらに「かわいや、かわいや」と海辺の鳥たちが立ち騒ぎはじめる。おばちゃんたちは周囲に人がいるのを忘れ、あたかも集落で死者が出て通夜に出す料理の加勢でその家の台所に集まったときのように喋り出している。かわいや、かわいや。あげえ泣いてから。眠てえのに寝られんのじゃろうの。そりゃそうじゃろう、あたしらでも寝られんのじゃから。まこと。大人でもこげえ大変じゃのに、赤児が我慢ができるか。できるわけがねえ。気の毒じゃのお。

赤児の泣き声が暗闇にうっすら赤い光を放っているとしたら、鳥のさえずりに似たおばちゃんたちの声は、鳥たちが朝を連れてくるように光を呼び寄せる。彼女たちが座ったあたりは澄んだ光で包まれている。だからもし不愉快そうなため息や腹立たしげな咳払いが聞こえてくるとしたら、それは赤児の泣くのがうるさいからではない。その光のせいだ。それが眠りたい乗客たちにいやがおうでも朝の訪れを突きつけてくるからだ。おばちゃんたちはまるで眠りを邪魔された他の乗客たちのなかに生起した否定的な感情を、泣き叫ぶ子からひとえに自分たちに引き寄せるために、大きな声で喋り散らしたかのようだった。

彼女たちはいまどうしているのだろう?

いま、みっちゃん姉を追いかけながら、さなえは一緒に旅をしたあの人たち全員に会いたいと思った。希敏を連れて帰省してからそんな思いに駆られたことは一度もなかったのに。

泣く赤児本人とおかあがいちばんたいへんじゃ。それに子供っちゅうもんは泣くもんじゃ。

まこと。

泣くんと寝るんが仕事じゃ。

まこと、まこと。

どんぶん泣いて、疲れて、寝るんじゃ。

まこと、まこと。

笑い声が上がる。しーっ。暗闇のどこかで誰かが黙れと叫ぶ代わりに歯のあいだに吐息をこすりつける。意味を取り違えようのない音。しかしおばちゃんたちは意にも介せず、子供と母親を守り続ける。

子供っちゅうんは泣くもんじゃ。本人とおかあがいちばん苦しい。それに泣くのは元気な証拠じゃ。泣かん子供ほど、泣かれん子供ほど、かわいそうなもんはねえ。

そのときだ。さなえのすぐ横でみっちゃん姉の声がした。いつの間にさなえは、前を行くみっちゃん姉に追いついたのだろうか。みっちゃん姉がさなえの耳元にささやいた。悲しい声だった。

うちの子も泣いてのお。泣いてのお。いくらあやしても泣きやまんかった。どげえしても泣きやまんかった。

さなえは片手で目元をこすった。

こんなところにいるはずがないのだ。みっちゃん姉は大切な息子さんに付き添っているはずだし、さなえはそこにこれからお見舞いに行くのだから。

それなのに、いまさなえの目の前で赤いリュックが歩に合わせて揺れている。

驚いたことにみっちゃん姉は一人ではなかった。小さな子供と手をつないでいた。希敏と同じくらいの年の子だった。後ろ姿しか見えなかったから、希敏だと言われても不思議ではなかった。いや、それは希敏だ。みっちゃん姉は子供を連れてどこに行こうとしているのか。

さなえにはわかっていた。

どうして？　それでもさなえは問いかけていた。どうして？　いま、さなえが素直に耳を傾けることができる人がいるとしたら、みっちゃん姉しかいなかった。その人が息子を捨てていいわけがない！　あんなにも息子のことを愛《いと》おしそうに話していたみっちゃん姉なのに！

「みっちゃん姉！」とさなえは呼んだ。「みっちゃん姉！」

返事はなかった。

みっちゃん姉は息子と手をつないで、どんどん先を行った。背中で揺れるリュックの赤が汗と涙でにじみ、視界いっぱいに広がった。赤い色のサングラスをかけているみたいだった。

さなえは目を拭った。驚いたことに——いや、嘘だ、驚くはずもなく予期していたとおり——それは絶望の涙ではなかった。歓喜が溢れ出させる涙だった。

さなえは安堵のため息をついた。全身から力が抜けていく。

みっちゃん姉が希敏を連れていってくれた。

さなえを包み込んでいた不安が消えていた。底の見えない深い穴のような不安はすでに満たされ、さなえは大きな解放感に包まれていた。いや、自分のほうこそ世界を包み込んでいるかのようだった。

みっちゃん姉であったら、希敏を安心して託すことができる。

さなえが置いて行ったのではない。

息子を捨てたのではない。

みっちゃん姉が連れ去ってくれたのだ。

さなえはもう一度涙を拭った。視界に戻ってきた世界には、みっちゃん姉と息子の姿はなかった。台風が去ったあとの晴天の日のようだった。あらゆる事物が蓄積された汚れをきれいに洗い流され、原初の無垢を回復していた。さなえは振り返り、来た道を引き返した。足取りは軽いはずだった。子供から解放されたいま、さなえは完全に自由だった。しかし数歩も歩かないうちに、さなえを包んだ軽やかでありながら充溢した至福はすでに消えうせていた。美しさに震える世界のなかで唯一無垢を取り戻せていない存在のせいだ。無垢の世界をそれとして見つめることのできるさなえだけが、皮肉にも無垢から限りなく遠かった。そしてその存在が一歩進むたびに、体を動かすたびに、まわりの世界が汚染されていった。

さなえの足は勝手に動いていた。まるで行くべき道を知っているかのようだった。厄除けの貝殻が見つかるというあの浜へ向かって歩いていた。

そのままじゃ、そのまままっすぐじゃ、と母の声が聞こえた。おまえが腹のなかにおったときに何回か浜に行ったからのお。

そう母なら得意げに言うだろう。そこかしこの家には、マツやクロガネモチの大木が植えられ、きれいに剪定《せんてい》された生け垣で囲まれたこぎれいな庭があった。そうした光景にいっさい既視感はなかった。にもかかわらず、梗塞した血管のように細く入り組んだ狭い道をさなえは微塵《みじん》の迷いもなく歩いていた。さなえはいま、山の斜面にある小さな墓地のそばを抜ける狭い道を登っていた。

たしかにこの道を通ったことがある。

さなえは知っていた。ということは、希敏もまた知っているのかもしれない。さなえに母の子宮のなかにいたころの記憶がある以上、さなえの腹を九ヵ月もかけて通り抜け、この世界に生まれ出た息子もまた、この道を覚えていなければおかしいからだ。

足の動きに逆らうことなく、この道を行けば希敏に再会するのだろう。

なのに、さなえの体を震わせるのは喜びではなかった。さなえの体から抜け出して先を行く大きな蛇のようなものを追いながら――あるいは逆に、蛇に似たなにか得体の知れないものから逃げながら――坂道を登っていると、波の音が聞こえてきた。一歩ごとにこぼれていく至福がとうとう尽きてからっぽになったさなえの体を、海が満たそうとした。坂が下りになると、一足ごとに潮位が増していった。もう溢れそうだった。浜辺はすぐそこだ。

ところが思いも寄らぬことに道が途切れた。いや、それも嘘だ。心の底でそうなれと願っていた。波音は何も変わらない。しかし道が消える。

目の前には、絡みつく蔓草を忘れられないいやな思い出のように垂らして、どれもこれも斜めに傾いだ木々があった。さなえの進路を遮断していた。木立のなかに少し分け入った。強いにおいを放つ草で覆われた、木の根のせいでごつごつ波打つ地面はゆるやかに傾斜していた。それが数メートル先で突然断ち切られ、がくんと崖となって落ちていた。手近の丈夫そうな木の枝をつかんで、首を伸ばして下を見た。五、六メートルほど下に岩場が見えた。暗い色のごつごつした大きな石の上で、波が寄せて引くたびに引き裂かれた潮が白い血を流すように泡立っていた。その岩場の向こうに浜が見えた。ピンクや青や紫の貝殻できらきらと光っているのかと思っていたけれど、黒っぽい砂で覆われたさして特徴のない浜だった。

できるものならそこで諦めたかった。ひとりで港に引き返したかった。海が鳴っていた。来るな、と海に言ってほしかった。岩場を撫でる波音がいくら穏やかでも、さなえの心が岩場のようにごつごつと割れているために、撫でてくれる手を引き裂いた。傷つくのは海のほうだった。傷つけばいい。しかし海は傷つく気配などなく、さなえが望むことも言ってくれない。

元の場所に戻ってみると、道は途切れていたわけではなかった。左手に小さな道があった。たまたま丈の高い草が入り口に生い茂っているために気づかなかったのだ。

道に足を踏み入れると、蒸気が吹くように小さなバッタが跳び、小さな羽虫が舞った。いや、それはさなえのため息だったのかもしれない。傾斜を降り切ると、木立が途絶え、光で飽和した海と浜が同時に視界に飛び込んできた。

この浜も島を訪れる人々のトレッキングのコースになっているようだった。遠くのほうに初老の男女が歩いているのが見えた。みっちゃん姉と子供ではなかった。女の背にあったのは紺色のリュックで、あの鮮やかな赤のリュックではなかった。

喜ぶべきなのか、絶望すべきなのか、それとも怒るべきなのか、よくわからなかった。波音はあまりに中立的だった。

浜の砂は踏むと柔らかく、ほとんど音がしなかった。砂の上に息子の足跡を探そうとした。そこには、足跡らしきものだけではなく、何かを引きずった跡もあった。抽象絵画を思わせるその模様を追いかけて伸ばした視線が、黒く焼け焦げた流木の重なりにぶつかった。なかば崩れた獣の骨格にも似たその薪を、それぞれがひと抱えほどある形のちぐはぐな石がぐるりと取り囲んでいた。さなえは焚き火の跡に近づいた。火は完全に消えていた。余熱は感じられなかった。人の気配を探してあたりを見回した。

向こうに石でできた小さな鳥居が見えた。近くまで行くと、土台の石には緑の筋が走り、潮がここまで満ちてくることがわかった。参道らしきものはなく、ただ砂浜がシダや青い草の生えた赤褐色の土に変わった。奥に小さな神社の社殿が見えた。

全身から力が抜け、その場にへたりこみそうになった。

「けびん」

神社の正面の階段のいちばん上の段のところに、小さな子供の背中が見えた。

「けびん」

しかし子供は振り返らなかった。

ということは、この子は希敏ではないのだろうか。もしかしたら、厄除けの砂浜を歩いたおかげで、そこに散らばる貝殻を踏みしめたことで、息子の体に潜んでいたあの引きちぎられたミミズは祓われたのかもしれない。もしそうだとしたら、この子はもはやさなえの子ではなかった。

母に背を向けたまま、頭をうなだれて立っていた。

さなえは子供に近づくと、背後からそっと顔を覗き込んだ。柔らかいくせっ毛が甘えるように長い睫毛に垂れかかり、赤味を帯びた滑らかな頬に打ちかかっていた。子供は目を閉じていた。忘れがたい印象を見る者に与える大きな目が閉じられていても、形の整った鼻と唇を見るだけで、神にひいきされた美しい子（でも、ひいきしてもらえたのはその点だけだった）だとすぐにわかる。

子供は両手を胸の前で握り合わせていた。

それが不意に顔を上げ、振り返った。目は開かれ、さなえはその大きな瞳のなかに吸い込まれそうになった。子供は手を伸ばした。

母に向かって？

そうではなかった。宙にぶら下がった綱、神社の鈴から垂れた綱に手を伸ばしていた。

さなえは背後から子供の両脇に手を差し入れた。子供は抵抗しなかった。抱かれるがまま宙に浮かんだ。子供は綱を握るとぐいと引っぱった。鈴は揺れたが音はしなかった。子供はさらに激しく綱を揺らした。ようやく音が生み落とされた。がらん、がらん。空疎な音が擦り傷のような乾いた線を描き、その線が波音のあいまの静寂にたちまち呑み込まれた。

とくに嬉しそうでもない子供を下ろすと、子供はふたたび両手を握り合わせて頭を垂れた。

神社の正面の戸は閉じられていた。大人の手の平にも余る大きな南京錠がかけられていた。賽銭泥棒が多発していると母が話していたのを思い出した。この入り組んだ海岸線を持つ土地には、集落ごとに神社があったが、いまではそのほとんどが無人だった。それでも賽銭が盗まれたことなどなかったのに、ここ最近、賽銭箱が持ち去られるという事件が生じていた。間違いなくよそからやって来た人間の仕業だと母は断言した。

南京錠は朝の光にぴかぴかと輝いていた。いかにも頑丈だった。でもそれは、社殿にしまい込まれた賽銭箱を泥棒から守っているというより、神に猿ぐつわを噛ませているように見えた。全能であるはずの神が知っているのは、人間に都合の悪いこと、知れば心をかき乱されることだけであるかのようだった。

さなえは神社の内部を想像した。ここにはどんな天井絵があるのだろう。実家の近所の神社は、地域の人たちが寄付金を出しあって大がかりな改修工事を終えたばかりだった。天井板は三十センチ四方の正方形に区切られ、その一つひとつに寄付者の名前が記され、異なる絵が描かれた。父の区画にあるのは、大きな牛を連れた稚児の絵だった。それは父が望んでいたものではなかった。「本当は恵比寿さんか船の絵がよかったんじゃけどのお」と釣り好きの父はこぼしていた。希望通りの絵を描いてもらえなかったのは、寄付金が少なかったからではないかと疑っていた。それが証拠に、寄付をはずんだと噂されていた寿永水産の社長首藤晴寿《はるとし》の絵（しかも、ひとりで四区画分を占めていた）には、極彩色の大漁旗をはためかす大きな漁船団が描かれ、しかも先頭の船には第十八寿永丸と船名が書き込まれるサービスぶりだったからだ。自分の区画の絵について父は不満を漏らした。

「牛はやせて元気がのうて、よぼよぼにしか見えんのじゃけどの、その横におる稚児というのが、これがまあ、こげえ目が細くての」と父は両目の端を指で引っぱると希敏の顔を覗き込んで言った。「うちのかわいい希敏とは似ても似つかん不細工じゃ」

しかし孫は笑わなかった。そもそも見てもいなかった。

社殿の前に立ったさなえは子供の仕草を真似て、胸の前で両手を握り合わせた。目を閉じて頭を垂れた。

そのときさなえのなかに溢れ出し渦巻いていた言葉の群れをはたして祈りなどと呼んでよいものだろうか。東京で二人だけで暮らしていたとき、さなえは希敏を近所の公園やデパートに何度も置き忘れた。あの彫刻のように美しい顔が不安と恐怖で歪み、大きな瞳に涙が溢れるのを見たかった。母を必死になって呼ぶ声を聞きたかった。母がいないのに気づけばきっと探してくれるはずだ。そう自分を正当化した。息子であろうが引きちぎられたミミズであろうが、母を呼んでくれさえすればよい、と。本当は、それが引きちぎられたミミズであろうが息子であろうが、とにかくそんなものから解放されて、自由になりたかったのだ。引きちぎられたミミズを息子から追い出したいと思ったのは本当だ。息子を引きちぎられたミミズに変身させるスイッチを探したのも本当かもしれない。だがスイッチをどうしても見つけられなかった。当たり前だ。そもそもそんなスイッチなどないのだから。でもスイッチがあると信じれば、信じるふりをすれば、それを探すことはできる。怒りではない。ひねり上げたのでも殴打したのでもない。痣は母が必死にスイッチを探した絶望の痕だ。引きちぎられたミミズが息子を通してスイッチを見つけてみろとさなえをたえず挑発していた。母が子を捨てようとしたのではない。一人になりたかっただけだ。

晴れ渡った空から降り注ぐ正午の光は、いまここにある現実そのものの輪郭をこれ以上ないくらい際立たせていた。さなえと希敏は帰りのブルーマリン号に乗っていた。さなえは隣に座った希敏を見た。息子は膝の上にガラスの瓶を大切そうに抱えていた。

瓶のなかには島の海岸で拾い集めた小さな貝殻と黒い砂が入っていた。赤ちゃんだったころの希敏の指の爪を思い出させる二枚貝や、コーヒー色の渦を巻いた小さな巻貝など、可憐で美しい貝殻をすぐに集められるかと思っていたが、なかなか見つからなかった。実家の仏壇の上に置かれていた小瓶に入った色も形もとりどりの貝殻が、あの浜から採ってこられたものだとは信じがたかった。

貝殻を集める母のそばに息子もしゃがみ込んだ。希敏はもちろん何も尋ねてこなかったが、さなえは教えた。

「ママが旅行したときにお世話になった人の息子さんが病気になっちゃったの」

希敏は母の真似をしているつもりだろうか、小さな手に小石まじりの砂をすくい取ると、母が持ったガラス瓶の口の上で手を開いた。砂と小石がぱらぱら舞った。さなえは乳白色の巻貝をひとつつまんで、希敏の目の前にかざした。

「砂じゃなくて、貝殻を集めようよ」

しかし息子は砂を握ってはガラス瓶に入れるという動作をくり返した。

「ま、いいか……。同じ場所にあるんだから効果は同じよね」

そうだ、そうだ、と波が鳴った。

いま、その波を送っていた同じ海の上を行くブルーマリン号の船窓から、さなえは外を眺めていた。点在する筏やブイはただ揺れるばかりで、希敏が何を考えているのか、かりに知っていても教えるつもりはないのだ。

モントリオールに着いた日、レストランで食事を終えて、みんなでホテルへ歩いて帰ったときのことだ。公園の近くで、子連れの黒人の母親とすれちがった。「見たか？」と岩本のすみ姉が目配せしてきた。

「子供が四人もおったなあ」と首藤さゆりが感心したように言った。

ちがう、ちがうとすみ姉は首を振って、またふっちーを見た。首藤さゆりが笑った。

その黒人の母親もかなり見事な体格の持ち主だった。スパンコールで飾られた黒のぴちぴちの半袖のカットソーとやはり黒のジーンズを穿いていた。たくましい腰と腿の上で布地がはち切れんばかりに伸び切っていた。しかし足首は大きな体を支えられるのが不思議なくらいきゅっと細く、サンダルをはいた足の指には暗赤色のマニキュアが塗られていた。上半身も立派なもので、ぶら下げた買い物袋と同じくらい大きな乳房がずどんと丸い胴体の上に鎮座し、荷物を持っていないほうのたくましい腕で、丸坊主にした目の大きな男の子を抱いていた。そして、チェックの半袖シャツにジーンズ姿の眼鏡をかけた背の高い、小学校低学年くらいの男の子と、手足が長くてすらりとした、たがいにそっくりの美しい少女を二人従えていた。

「双子じゃろうのお」と岩本のすみ姉が佐脇のひい姉に言うのが聞こえた。

「どうしたんじゃろうか？」とさなえは訊いた。

「なにが？」と一緒に歩いていた後藤のえーこ姉が訊き返してきた。

母の腕のなかの男の子は肩を上下に激しく揺らしていた。すれ違うときにひっくひっくと喘いでいるのが聞こえた。長い睫毛が涙で重く濡れ、瞳が潤んでいた。涙が頬に太い筋を残し、鼻水も垂れるに任せていた。

「おかあに怒られたんじゃろうかの？」とえーこ姉がどうせ聞こえてもわからないと大きな声で言った。「色が黒かろうが白かろうが子供はどこでも一緒じゃのお」

しかし、太ってはいてもきれいな顔立ちとわかる母親は、むしろ上機嫌な笑みを口元に浮かべていた。

「そういえば」とさなえはえーこ姉に言った。「カナダに来る飛行機のなかで赤ん坊がずーっと大泣きしよったなあ。あんまり泣くもんじゃから、まわりの人がイライラして怒り出すんじゃねえかって心配になった。そしたら、みっちゃん姉が子供は泣くもんじゃ、当たり前じゃって言うて……」

えーこ姉がきょとんとした顔で見返した。

「そうじゃったっけ？」

さなえは少し大げさに声を出した。さなえ自身はそのとき自分の横に座っていたのがみっちゃん姉ではなかったことを完全に忘れていた。

「えーっ、あんなに大きな声で泣いておったのに！」

すると、えーこ姉はあっけらかんと言った。「覚えてねえなあ。わたしゃ寝ちょったんじゃろう」

さなえは驚いた。「みっちゃん姉は自分の子供も泣いて、泣いて、たいへんじゃったって。やっぱり飛行機に乗ったときやったんかな？」

えーこ姉は怪訝《けげん》そうな顔を浮かべた。ちらりと、ジャックと並んで先頭を歩くみっちゃん姉のほうを見て、さなえに訊いた。

「ほんとにみっちゃんがそんなことを言うたんか？」

さなえは急に自信がなくなった。

「たぶん」

えーこ姉はため息をついたあと、顔を寄せて声をひそめた。

「わたしから聞いたって言わんでおくれよ」

さなえが頷くのを見て、えーこ姉は話を続けた。

「みっちゃんはな、息子さんのことで昔から苦労が多いんじゃ。歩き出すんも人よりかなり遅かったし、言葉もなかなか出てこんで、そりゃあ気を揉んだんじゃ」

それ以上は聞かないほうがいいとさなえの直感がささやいていた。でも聞かずにはいられなかった。

「子供が大泣きしたって、みっちゃんが言うた？　でもな、むかし、わたしらは反対のことで心配したもんじゃ。みっちゃんの息子はな、表情に乏しくて、喜怒哀楽がようわからん子でなあ……。学校に行けるようになるんじゃろうかって心配し、行けたら行けたで今度は人並みのことができるんじゃろうかって、また心配してのお……。心配は尽きん。運動も勉強も人並み以下じゃけど、病気をせんのだけが取り柄じゃってみっちゃんが言うから、そうよ、そうよ、元気がいちばんじゃねえか、それだけでいいじゃねえかって、わたしらも言うたんよ。いじめられても誰も恨まん、人の悪口も絶対に言わん、わたしらを見たらいつも嬉しそうに挨拶をしてくるる、足の悪い年寄り衆のために代わりに墓参りに行ってやる……そげな子があんたんところの子のほかにどこにおるんか！　わたしらは本当にそう思うておるから……。元気じゃったらいいじゃねえか、誰に迷惑をかけるでもなし、って言うたらな、そうかなあ……、そうよなあ、えーこ姉、ってみっちゃんが訊いてくるから、そうよ、そうじゃねえか、ってわたしも言うたんよ。そうじゃねえか、って。そしたら、みっちゃんが泣いてなあ……。泣かんでもいいじゃねえかって言うわたしも泣いておってな、一緒に泣いたんじゃ。そんとき、わたしはみっちゃんが泣くんを初めて見た。あげえ明るい人じゃけどな、さなえちゃん、どこの世界に明るいだけの人がおるんか……。そげな人がおったら、そら、ただの馬鹿じゃ……」

誰も乗り降りしなかった往路とはちがって、黒島の港からは老婆が三人乗ってきた。さなえに会釈すると、横に座った希敏をじっと見ながら口々にさえずった。なんと、なんと、かわいい坊じゃのお、かわいやのお、じゃけどあんましお母さんには似てねえようにあるの、まこと、ガイジンの子のようにあるのお。

聞こえるのもかまわず心に浮かんだ言葉をそのまま口にして頓着しないところは、さなえの母そっくりだった。老婆たちはさなえたちの前の席にかたまって座った。船のエンジン音に負けじと大きな声で喋っていた。病院に薬をもらいに行くところらしかった。

陸地を見ると、岬の先端のほうに白っぽい色の煙突が一本見えた。煙は出ていなかった。かつて町のゴミ処理場があったところだ。合併のあとできると言われていたハイテクのエコセンターが実際に建設されたのかどうかさなえは知らなかった。

ゴミ焼却炉の煙突を見ながらさなえは思った。かりにそこが合併後も使用されているとしても、そしてかりにみっちゃん姉の旦那さんと息子さんが働いていた会社が入札で清掃事業を請け負うことに成功していたとしても、そこにはもう、少なくともみっちゃん姉の息子さんだけは働いていない。

その事件が起きたのは、モントリオールの街路の清掃作業を見つめながら、さなえとみっちゃん姉がそのまま朝を迎えた日だった。田舎のおばちゃんたちは眠れようが眠れまいが早起きに変わりはなく、約束は九時だったが八時半にはセルフサービスの朝食を終えてスタンバイしていた。ホテルにずっと昔からある備品みたいに、ロビーでジャック・カローの到着を待っていた。

そんなおばちゃんたちの習性を知悉するジャックは、予告どおり幼なじみのフレデリック・ミロンを連れて九時五分前にはホテルに着いた。二人とも長袖シャツの袖をたくし上げ、ダメージ加工されたブルージーンズにスニーカーという恰好だった。背丈は同じくらいだったが、筋骨たくましいジャックに比べると、フレデリックは肩幅も狭くかなり痩せていた。「おーとーし、若はげじゃのお」とフレデリックを見た瞬間に後藤のえーこ姉が漏らし、横にいた佐脇のひい姉が、頭に浮かんだ言葉をそのまま口に出す友達の肘をつつきながら、「いけんが、聞こゆるが」と叱責すると、ふっちーが大声で仲間たちを安心させた。「しゃーねー、しゃーねー、日本語じゃからわかりゃんせんが」

ところが、耳の周辺から後ろ頭にかけてわずかに残された毛をきれいに剃り上げたたまご型の頭を、フレデリックが大きな手のひらでつるんと撫でながら、どこか気恥ずかしそうにほほえんだものだから、おばちゃんたちは物陰から自分たちを凝視する猫に気づいためんどりのように、いけん、いけん、いけんが、とうろたえたのだった。

陽気さと健康の権化のようなジャック・カローと並んで立ったフレデリックはどこか神経質で気弱に見えた。のちに希敏が受け継ぐ大きな目には、メランコリックな光が宿されていた。そういうところに惹かれたのかもしれない。どこにも自分の場所を見つけ出せず、なんとなく周囲に引け目を感じて居心地が悪そうな人をさなえは好きになりがちだった。

大学のときにつきあっていた男は、バイト先のコンビニで知り合った二つ年上の専門学校生だった。父の暴力と飲酒癖が原因で母が家を出て行き、父が一緒に暮らすようになった子連れの中年女には嫌われ、八代《やつしろ》に住んでいた父方の祖父母に引き取られて育ったのだという。覚えているのは、彼が酔うと決まり文句のようにくり返した言葉だ。「おれはジジイとババアじゃなくて、犬に育てられたんだ」

祖父が過剰に厳しい人で、叱られるたびに罰として犬小屋につながれた。飼われていた純白の大きな雌の雑種犬キナコは、親に捨てられたも同然のその男の子に心を寄せた。キナコは彼の涙に濡れた顔をよく舐めては慰めてくれた。優しいそのキナコがある日、近所の老婆に激しく吠えた。驚いた老婆は転倒し、大腿骨を骨折して寝たきりになった。高額な治療費を出費させられた祖父は激怒し、棒切れで、それが折れると杖でキナコを殺さんばかりに打ちのめした。泣き叫びながら彼は愛する雌犬を守ろうとしたが、怒り狂う祖父の前では無力だった。彼自身もしたたかに殴られた。色あせた白い毛並みが赤い模様に覆われ、息も絶え絶えになったキナコを、祖父は軽トラの荷台に乗せてどこかに捨てに行った。

キナコは戻ってこなかった。「あのくそジジイが殺した」と涙を流しながら愛犬の思い出を語る彼は不気味というか恐ろしかったが、愛おしくもあった。

母も同然のキナコなら、彼の顔を濡らす涙を舐めてあげただろう。しかし犬に育てられただけあって舌を使って愛撫するのがうまいのはむしろ彼のほうだった。乳首や性器、そして肛門に至るまできれいに舐めてくれた。犬のように後ろからのしかかってきて性器を挿入するのが好きだった。そして犬のようにすぐに射精した。

親が離婚していると聞いただけで母はいやな顔をするにちがいなかった。さなえは彼のことは秘密にしていたし、夏休みに実家に遊びに来た坂田奈緒も、娘の交際関係についてさなえの母が訊いてきても、親友の名にふさわしく、のらりくらりとはぐらかした。その彼がある日突然、東京に行くと宣言して姿を消した。彼の育ての親である犬とちがって帰巣本能を欠いていたのか、単にさなえは彼の帰るべきところではなかったのか、二度と戻ってこなかった。就職したあと、深い仲になった例の中年の男やもめにしても、子供が三人もいて、母に素直に紹介できるような男ではなかった。

さなえが好きになる男の傾向を考えたら、フレデリックに心惹かれた時点で、警戒してもよかったのだ。カナダ旅行から戻ったあと、二人は二年近くメールと電話でやりとりを続けた。出会ったとき、フレデリックはマギル大学の経営学大学院でMBAの勉強をしていた。しかしそれ以前に、同じ大学の東アジア研究コースで学び、成瀬巳喜男《みきお》（フレデリックから聞くまで、そんな映画監督がいたことすらさなえは知らなかった）についての論文で修士号を取っていたので、日本語の知識があった。

その後、東京のいくつかの大学で英語とフランス語教師の職を見つけて、フレデリックは来日した。東京からさなえに会いにしょっちゅう福岡まで来てくれた。さなえはそのころ町の教育委員会の仕事は辞めて、福岡にあった中堅のリフォーム会社の事務員として働いていた。さなえもときどき上京しては、フレデリックが暮らす武蔵小山のマンションを訪れた。ほどなくしてフレデリックは外資系の金融会社に転職することに成功し、さなえはフレデリックのもとに転がり込んだ。将来子供ができるのを見越し、二人はより大きな南麻布のマンションに引っ越した。

フレデリックとの同棲にむろん母は猛烈に反対した。その母もフレデリックの年収を聞かされると黙り込んだ。帰省してきた親戚の人たちにほとんど挨拶代わりに「どんくらい稼ぎよるんか？」と尋ねて悪びれたふうもない母だった。さすがに人間の価値は年収で決まるとまでは考えてはいないようだったが、少なくとも男でいちばん大切なのは甲斐性だと信じていた。学校の教師だった父の給料は田舎では決して悪いほうではなかったし、何よりも教師は安定した職業だった。父と結婚してからは、町の多くの女性たちのようにあくせく働かずにすんだ。日々の暮らしのなかで細かな不満は尽きないにせよ、経済的に不安のない生活を与えてくれている点で、母は父を高く評価していた。妻子を養う経済力さえあれば、男前が悪かろうがハゲであろうが酒癖が悪かろうが早漏であろうが我慢するしかない——それが母の基本的立場だった。さなえが告げた金額は、母の想像をはるかに越えていた。普段はどこか批判めいた響きのする「おどや、おどや、おどや……」という嘆息には、純粋な驚きしか感じ取れなかった。さなえは意地の悪い優越感を覚えた。

しかし母はたちまち新たな心配の種を見つけた。果たして一人の人間がそんな高給をもらってよいのか？　そんなうまい話がいつまでも続くわけがない。電話で話すたびに母はそう予言した。

待望の子供が生まれ、誕生したばかりの孫に会うために上京してきた両親は、さなえのマンションの広さと豪華さに驚き、まるで貴族の城館に足を踏み入れた農民夫婦のように緊張して落ち着きがなかった。周囲の様子を見まいとするかのように、ずっと産着にくるまれた希敏のそばにいて、いつもの大声が嘘のように蚊の鳴くような声で、かわいや、かわいや、鼻筋が通って、目が大きゅうて、男前じゃのお、とささやき合っていた。両親がこれほどみじめに見えたことはなかった。九州に戻る段になって、マンションの玄関を出るときに、ようやくいつもの母に戻った。五日間の滞在中、マンションには夜間でも黒いスーツにネクタイを締めた警備員だか管理人がいることに気づいた母は父に目配せした。

「あんたも退職したら、さなえに頼んでここで雇うてもらえ」

そう言うと、嬉しそうに、ひっひっひと笑った。

母はひと月くらいとどまって、ヘルプをしようかと言ってくれた。さなえは断った。フィリピン人の若い家政婦が来ていることは言わなかった。

別れ際、母はさなえの顔を見ると、ふと憂い顔になった。さなえは身構えた。するとやはりいやな言葉が飛んできた。

「これがいつまでも続くかのお？」

わが子の幸せを望まない親はいないのだから、自分の予言の成就を母が望んでいたとは思わない。しかし希敏が一歳を過ぎたあたりからフレデリックとの関係がおかしくなった。フレデリックは家にあまり帰らなくなった。転職を考えていて、そのためのアポイントメントで忙しいのだと主張した。日本ではベンチャーをやるのが難しいので、アイデアのある友人たちとベイエリアで会社を興すつもりだと言った。それは嘘ではなかったかもしれないが、よそに女がいることも明らかだった。

当時、希敏はほとんど泣くことがなかった。それがさなえをひどく不安にした。そのうち、どこに隠れていたのか、あの引きちぎられたミミズが姿を現わした。しかしそのミミズは本物のミミズとちがって幼子のなかにあった感情や知性の土壌を豊かにしてはくれなかった。まったく逆だった。だからミミズが出てくるのを見ると恨みはつのった。我を忘れ、もっと引きちぎってやりたくなった。

そのうち男の子に美しい顔立ちだけを残し、フレデリックは完全に母子の前から消えた。

それなりの蓄えはあったが、問題を抱えた息子と二人だけで暮らすのは大変だった。区役所の子ども家庭支援部の担当者から何度も電話がかかってきた。三歳児健診の案内はもちろん受け取っていた。そのつど、もう名前すら思い出せないが、いつも同じ中年の女性が、受診日の日時をていねいに教えてくれた。落ち着いたというよりやや間延びした感じの喋り方が馬鹿にされているようで腹が立った。ご都合のよい日に受診されてくださいと言われ、もちろん、とさなえは答えた。でも、そんな病気もしないし、歯だって、ちゃんとかかりつけの歯医者さんに定期的に連れてってますから——それも何回目かの電話までは嘘ではなかったのだ。担当者はそれでも諦めず電話をかけてきた。わかってます、わかってます、四歳の誕生日の前日までに行けばいいんですよね、とさなえはいま思えばずいぶんぞんざいな口調であしらった。鬱陶しかった。それでも担当者は気分を害した様子もなく、電話を切る前に必ず穏やかな声で言った。「何か困ったことがありましたら、どうか遠慮なく言ってください」

あとになって自分が虐待を疑われていたのだと気づいた。電話を受けていたとき、背後で引きちぎられたミミズが悶絶し泣き叫んでいたこともあったはずだ。

結局、さなえが電話をかけたのは母だった。フレデリックとの関係が行き詰まり、別れることになったと告げた。

希敏と一緒にすぐに戻ってこいと言う前に、「ほーらみぃ」と、予想していたのと一字一句たがわぬ言葉で母は言い放った。「最初からうまくいかんと思うておった」

しかしあの日、フレデリックは親友のジャックが日本の片田舎から連れてきた一群の女性たちにとても親切だったのだ。ジャックと二人で彼らの街を案内してくれた。土曜日の午後で天気もよかった。街はどこもかしこも人で溢れていた。

移動に利用した地下鉄も混雑していた。九州の海辺の集落から来た女性たちはみな小柄だった。ブイのように丸くつるつるのフレデリックの後ろ頭を目印にして、溺れそうになりながら人波をかき分けた。

迷子にならないよう手をつなごうと言い出したのは、みっちゃん姉だった。「人間の鎖じゃ」

「おお、そりゃいい考えじゃ、みっちゃん」

最高齢の佐脇のひい姉が手を伸ばし、横にいたさなえの手を握った。さなえも手を伸ばすと、岩本のすみ姉に手首をぎゅっとつかまれた。

「放したらいけんで！」とみっちゃん姉が言うと、「そうじゃ、放したらいけんど！」とみなが決意を込めてくり返した。かなり大きな声だったけれど、地下鉄の通路を足早に行き交う、外国語の響きに馴れたこの国際都市の住人たちはその興奮した声を気に留めもしなかった。

地下鉄の車両がホームに入ってきた。二つ先の駅で乗り換える、とジャックが言った。車内も人でいっぱいだった。すぐに汗ばんだ。他の乗客の背中に顔を押されながら、さなえが横を見ると、すぐそばにみっちゃん姉の顔が見えた。みっちゃん姉は、たいへんじゃの、というように目配せした。どこからか、「なんのにおいかーい？くせえのお」と後藤のえーこ姉の声が聞こえた。「まこと、ガイジンはシャワーを浴びるだけで風呂には入らんちゅう話じゃもんのお、くさや、あたしゃ気持ちが悪い、吐きそうじゃ」とふっちーが呻いた。

二駅目に到着した。ドアが開いた瞬間に、乗客がどっと外に溢れ出し、荒波によって海岸に吐き出される漂着物さながら、さなえは引きずり出された。しかし、つないでいたすみ姉の手とひい姉の手は放さなかった。というより彼女たちが、命綱にすがるような真剣な力でさなえの手を放さなかった。そうやって手をつないだまま、一行の本当の命綱であるジャックに固定した視線をたぐり寄せ、ホームの壁のそばに立っていたジャックとその友のフレデリックのところまでたどり着いた。

背の高い二人のカナダ人の男たちを、手をつないで取り囲む小柄な東洋女性たちの姿は、暗い地下神殿で異教の神の像を崇め、狼狽した鳥の声に似た呪文を唱えながら、得体の知れぬ秘儀を執り行なおうとしている巫女《みこ》たちの図に見えたかもしれない。そのような図を、さなえたちが実際に心に描いていたとしたら、すぐにそこに違和感を覚えたにちがいない。何かが欠けていた。

あっ！

みっちゃん姉とさなえと首藤さゆりが同時に声を発した。岩本のすみ姉が人混みにげんなりした顔でさなえを見返した。

みっちゃん姉が叫んだ。

「ふっちーとえーこ姉はどこに行ったんな？」

すみ姉の顔から血の気が引いた。すみ姉はあたりをくるくると見回した。

「まこと。おらん。二人がおらんど」

「わたしはあの二人と手をつないでおらんかったから……」と首藤さゆりが弁解するように言った。

「手を放したらいけんって言うたのに……」とひい姉が悲痛な声を絞り出した。

「ジャックさん、ジャックさん、一大事じゃ！　ふっちーとえーこちゃんがおらんごとなった」

「おらん？」とジャックが訊き返した。「ふっちーとえーこ姉、おらん？」

「とりあえずもうちょっと待ってみようや」と首藤さゆりが言った。

「待ってみようやって、あんた、地下鉄はもう行ってしもうたが」と完全に動転した気配のひい姉が言った。「こげなところで迷子になってしもうて。外国ど、外国！　言葉も通じん！　もう二度と会われんのじゃねえんか？」

「そげな縁起の悪いことを言うたらいけん！」とみっちゃん姉が語気を強めた。「大丈夫じゃ。見つかる」

　ジャックはフレデリックと何やら話をしていた。雲の上で語る神々の姿を眺めるように、ひい姉は二人を見上げていた。ジャックがみんなに言った――驚いたことに、お得意の海辺の町の方言ではなかった。

「わたしが探してきます。フレデリックと一緒に待っていてください」

その言葉に頷くと、フレデリックは地下鉄の出口へ歩き出した。

「いいんじゃろうか？　わたしらは探さんで……」と首藤さゆりが不安そうに言った。

「下手に動いて、またはぐれでもしたら大変なことど」とみっちゃん姉が言った。

「ここはジャックさんに任せようや」

「まこと、まこと」とひい姉が同意した。

「そうじゃな、みっちゃん姉の言うとおりじゃな」とさなえも頷いた。

迷い人の捜索はジャックに託し、みっちゃん姉、岩本のすみ姉、佐脇のひい姉、首藤さゆり、そしてさなえの五人は、フレデリックについて地上に出た。

暗い地下通路のあとだと、街路を満たす光はやたらに強く激しく感じられた。ふっちーとえーこ姉のことを思って心はひどく落ち着かない。なのに太陽の光を浴びる石造りの古い建物もその上に広がる青い空も本当に美しい。色あざやかな服装で、サングラスをかけ、長い手足を堂々とさらけ出して歩く異国の男女は、何の心配事からも無縁に初夏の長い午後を満喫しているように見えた。

しばらく行くと小さな広場に出た。奥に教会があった。広場の周囲にはそれぞれに時代と個性を感じさせる建物が並んでいたが、この広場はまぎれもなく教会の広場だと感じられた。パラソルを差しかけたテーブルと椅子がいくつも並ぶカフェのテラスがそばにあった。

「カフェで待ちますか？」とフレデリックが訊いた。

「いいです、いいです」とひい姉が首と手を振った。たしかに財布の紐がかたく、コーヒーが苦手でホテルでは湯を沸かして持参したティーバッグでほうじ茶や緑茶を飲むおばちゃんたちだった。でもそれだけが理由ではなかった。腰を据えてのんびり仲間の帰還を待つ気分ではなかった。

「どげえなっちょるんかいのお……」とひい姉が、来た道を振り返りながら、消沈した声で言った。

「手を放したらいけん、ってあれほど言うたのに……」と首藤さゆりが言った。

「あれだけ言うたのにのお……」とすみ姉がくり返した。

教会の前では観光客が記念撮影をしていた。そこを通り過ぎ、別の小さな通りに入ったときに、さなえが気づいた。

「あれ？　みっちゃん姉がおらん」

「えーっ！」

「今度はみっちゃんか！　嘘じゃろうが！」とひい姉が悲痛な叫びを上げた。「次から次に……。わたしゃ、心配で死んでしまうが！」

女たちを不可解そうに見つめるフレデリックをよそに、四人は必死であたりを見回した。

「あそこ！」

最初に気づいたのはさなえだった。教会の正面の石段に、他の人々に混じって赤いリュックを背負った小柄な女性が立っていた。

「みっちゃん姉！」

みっちゃん姉は振り返ると、さなえたちに両手を振った。さなえたちはバタバタと駆け寄った。フレデリックは慌ててそのあとを追った。

「どうしたん、みっちゃん姉？」と首藤さゆりが訊いた。

みっちゃん姉は教会の扉を指差した。指の先にはバンドエイドが巻かれていた。かさかさに乾燥したまぎれもない働き者の手だった。

「ここで待とうや」とみっちゃん姉は言った。「さっきから見ておったら、中に入るのに金はいらんようにある」

「そりゃ、いい考えじゃや」とひい姉が即答した。

さなえはフレデリックを見上げた。目が合うとフレデリックは頷いた——睫毛が濃く長かった。悲しげで優しそうな目。傷つけられるということがどんなことかを知っている人の目。そのときはそう思ったのだ。

あれは何という教会だったのだろう。さなえの記憶は曖昧になる。

船窓の外に見える陸地がどんどん近くなっていき、家々が大きくなっていった。ブルーマリン号は港に入ろうとしていた。桟橋に人が立っているのが見えた。次の便を待つ人たち。波止場に駐車した軽トラや乗用車のなかに見覚えのあるシルバーの軽自動車もあった。そのそばに立って、手のひらを目の上にかざして近づいてくる船を見ているのは、さなえの父と母だった。記憶が曖昧になる？　いいや、曖昧どころではない。いま目に見えている光景と同じように、さなえはあのとき教会で見た光景をはっきりと思い出すことができる。しかし教会の名は思い出せない。ふっちーとえーこ姉がはぐれてしまった地下鉄の駅の名も記憶にない。

みっちゃん姉なら知っているかもしれない、とさなえは思った。

ホテルの部屋でみっちゃん姉が小さな手帳に何かを書きつけていた。尋ねると、

「日記」と答えが返ってきた。

「でもこれは旅行用の日記でな、日本に戻ったら、またいつもの日記に書き写さんと

いけん。おばちゃんはな、こう見えてもな、息子が生まれたときからずっと、じゃからもう三十五年も日記をつけておるんで。何をした、誰に会うた、どこに行ったたっちゅうメモみたいなもんじゃけどな」

事実だけを列挙したというその日記を読み上げるような淡々とした口調だった。しかしそう言ったあと、みっちゃん姉は訂正した。

「でもこの旅でもいろいろあって、ようけ書いたから、帰っても全部を書き写す暇はねえじゃろうなあ。この手帳はいつもの日記にはさんでおくわ」

その毎日つけている日記に、カナダに旅立つ前のある日、きょう息子が旅行に持っていけと赤いリュックを買ってくれた、とみっちゃん姉は書いたのだろうか。そしてずっとむかし、三十年以上も前、きょう息子が初めて笑った、と書き入れたのだろうか。きょう息子が初めて寝返りを打った、きょう初めておっちんをした、きょう初めてハイハイをした、きょう初めてひとりで立てた、きょう初めて伝い歩きができた、きょう初めて歩いた、きょう初めて「お母さん」と言った、と書いてきたのだろうか。きょう息子が泣いて、泣いて、泣きやまんかった、引きちぎられたミミズのようにのたうちまわって泣きやまんかった、と書きつけたことがあったのだろうか。

そして、一緒にカナダを旅したときから九年の月日が過ぎたいま、きょう息子は調子が悪くてつらそうだった、きょう突然大きなしゃっくりが出だして止まらなくなった、きょう息子が倒れた、きょうMRを受けて脳腫瘍が見つかった、きょう大学病院に搬送されて、すぐに手術になった……と、積み重なってくる「きょう」の重みを必死に耐えようと筆圧の強くなった字で書き記すことになってしまったのだろうか。

それまで大学のチャペルと結婚式場に付属したものを除けば、さなえは教会に足を踏み入れたことはなかった。外は汗ばむほど暑かったが、中に入ると空気はひんやりと冷たかった。靴を履いているにもかかわらず、日に当たったことのない敷石に数百年来かかえ込まれてきた冷気が、足の裏に直接しみ込んでくるのを感じた。鳩が舞うほど天井が高いのには驚いた。教会の内部は薄暗かったが、側面のステンドガラス越しに降り注ぐ光は、どこか淡く濁った色合いの流体となって中空に漂っていた。それが幾多の足で踏みつけられて生じた床石のでこぼこを満たし、溢れ出し、揺れていた。

教会にはずいぶん奥行きがあった。古い木のベンチと椅子がずらりと並んでいた。いちばん向こう側には、揺るぎない威厳を感じさせる祭壇があって、十字架像が掲げられていた。さなえたちを追って教会に入ったフレデリックは一人だけ離れて、側廊に置かれた等身大の聖像を眺めていた。ときどき心配そうにさなえたちに視線を投げかけた。教会の内部を感心したように見つめていたみっちゃん姉が、横に立っていたさなえに顔を向けた。周囲の雰囲気を感じ取ってか、ささやくような小声になっていた。

「見てみい、さなえちゃん」

みっちゃん姉はやはり遠慮がちに顎で示した。

ベンチに座った人たちのなかには両膝をついて前屈みになっている者がいた。

「ようできちょるのお」

みっちゃん姉がささやいた。膝置きのことを言っていたのだ。ベンチの下にはフェルト生地のクッションのようなものが敷かれ、そこに曲げた膝を載せられるようになっていた。

「どげえしたん？」とひい姉が小声で尋ねた。

「ほら、見てみい」とみっちゃん姉がひい姉にささやいた。

「あん衆《し》は、何をしよるんじゃろうかーい？」とひい姉がさらに訊いた。

「祈りよる」

さなえが答える前に、みっちゃん姉が答えた。そのささやき声は天井の高い教会に籠った、幾千幾万の生者と死者のささやきとため息を含む静寂のなかに響き渡った。まるでさなえ自身の心のなかで発せられたかのようにはっきりと聞こえた。

人々はひざまずき、胸の前で両手を組み合わせ、あるいは前のベンチの背もたれに握り合わせて置いた両手に額を寄せて、一心に祈っていた。

みっちゃん姉が言った。

「わたしらも祈ろうや」

「祈る？　何をや？」とひぃ姉が訊いた。

「いい考えやな、みっちゃん姉」と首藤さゆりが賛成した。

「祈る？　何をや？」とひぃ姉はくり返したあと、「ああ」と声を漏らした。

「ふっちーとえーこ姉が見つかりますように」

そう言いながら、さなえはみっちゃん姉についてベンチの前に立った。首藤さゆりと佐脇のひぃ姉と岩本のすみ姉もその横に並んだ。

「どうしたらいいんか、みっちゃん？」とひぃ姉が心配そうに訊いた。

「あの祈りよる衆の真似をしたらいいんじゃが」

みっちゃん姉はひざまずき、両手を胸の前に組み合わせて深く頭を垂れた。さなえたちもそれに続いた。五人の女たちは胸の前に握り合わせた両手に祈りをこめた。

「ふっちーとえーこ姉が無事でありますように。二人が早く見つかりますように」

ブルーマリン号は港に着いた。他の乗客たちに続いて、さなえと希敏は客室から出た。船内は空調がきいていたので、外に出ると熱気と湿気にまといつかれた。船から降りるとき、さなえは希敏の手をつないでいたはずだ。迎えにきていた両親が見えたので気がゆるんだのかもしれない。手を放したことも意識していなかった。

さなえの前、桟橋の上を希敏が一人でとことこ歩いていた。ところがまっすぐ歩いていなかった。桟橋には鉄製の手すりがついていたが、支柱と支柱のあいだには子供の体ならゆうにすり抜けられる隙間があった。希敏は斜めに歩き、まっすぐに海へ向かっていた。天使そっくりの希敏は、重力など無関係にそのまま水上を歩き、太陽が投げかける光の輪をくぐりながら天空に舞ってもよかった。しかし希敏は引きちぎられたミミズでないときでも決して天使ではなかった。さなえとフレデリックの子だった。

さなえが駆け出すと同時に、桟橋の向こうから父と母がこちらに走り出すのが見えた。

「危ねえっ！」

背後から船長が叫ぶのが聞こえた。希敏が宙に一歩踏み出したちょうどその瞬間、さなえは希敏の左腕をつかんだ。

あっ！

その声は発せられるや、一羽の小鳥となって空高く舞い上がった。どこに消えたのか、もう見えなかった。希敏の声だったのだろうか。それともさなえの声だったのだろうか。

母にぐいと引っぱられたはずみに、希敏は握っていたガラスの小瓶を放した。さなえは手を伸ばしたが遅かった。

ぽちゃん、と音がして、文島の海岸で拾い集めた貝殻と砂の入ったガラス瓶は海に落ちてしまった。

さなえは希敏を強く抱きしめてしゃがんだまま、桟橋の下を覗いた。水深はそれほど深くなかった。緑がかった澄んだ水の向こうに、絶えることのない煙の筋のように海草がたゆたっていた。海底に散らばった岩や石ころのあいだにセメントの破片や潰れた空き缶が沈んでいるのが見えた。ミニチュアの古代都市の廃墟のようだった。都市の滅亡を予兆する不吉な流星群のように青白い小さな魚の群れが暗い水の層から不意に現われ消えた。小さな泡ときらきらと輝く貝殻を散りまきながら沈んでいくガラス瓶は、すぐそこに海底が見えているにもかかわらず、宇宙空間を遠ざかっていく壊れた人工衛星のようだった。みっちゃん姉の息子さんの健康の回復を祈願するためにせっかく集めたわずかばかりの貝殻はすべて失われてしまった。

叱責する母の声が聞こえた。

「手をちゃんとつないでおかんから！　手を放したらいけんが！」

その声にモントリオールでの記憶が、奇蹟的に見つかったふっちーとえーこ姉に仲間たちが投げかけた声——もちろんそこには怒りよりも喜びが、そして何よりも罪悪感が多く含まれていた——が重なった。

「手を放したらいけんかったのに！」

「なんで手を放したんか！」

鳥は異国の地でも故郷と同じ歌声を奏でるのだろうか。はぐれた仲間を見つけた安堵から、おばちゃんたちは周囲の目をはばかることなく、さなえがいま息子といる海辺の土地の言葉で歓喜を歌い続けた。

あのときモントリオールの教会で、さなえと他の三人が祈りを終えて立ち上がったあとも、みっちゃん姉は依然としてひざまずいていた。真剣な様子に声をかけられなかった。

「どげえしたんじゃろうか？」

佐脇のひい姉が不安げにさなえに訊いた。

岩本のすみ姉と首藤さゆりの顔にも明らかに困惑が浮かんでいた。どれくらい時間がたったのか。教会の内部には外の世界とは違う時間が流れているにしても長かった。さなえが意を決して声をかけようとしたそのとき、みっちゃん姉はすっと立ち上がった。そして何事もなかったようにさなえに言った。

「無事に戻ってくるといいけどなあ……」

「みっちゃん姉」とさなえは言った。

「なんな、さなえちゃん？」

「二人の無事を祈るにしては、ずいぶん長かったなあ」

みっちゃん姉は意外だというように訊き返した。

「そんなに長く祈っておった？」

「うん」とさなえは言った。

「待ちくたびれたわ、みっちゃん」と岩本のすみ姉が言った。

「まこと、まこと」と佐脇のひい姉が言い、首藤さゆりも頷いた。

好奇心を抑えきれずにさなえは訊いた。

「何を祈っておったん？」

みっちゃん姉はさなえを見つめた。少し考えてから何かを言おうとした。しかし言葉の代わりに、口元には照れたような、でもどこか嬉しそうでも悲しそうでもあるほほえみが浮かんだだけだった。

そのときのことを思い出しながら、さなえは後ろから腕に抱いた希敏の両手に自分の両手を重ねた。桟橋を向こうから近づいてくる父と母が、さなえと希敏を呼ぶ声が聞こえた。

いま悲しみはさなえのなかになかった。それはさなえの背後に立っていた。振り返ったところで日の光の下では見えないのはわかっている。悲しみが身じろぎするのを感じた。それは身をかがめると、さなえの手の上にその手を重ね、慰撫するようにさすった。不安は消えなかった。息子の手はひんやりと冷たかった。だからさなえは手に力を込めた。目を閉じて頭を垂れた。悲しみはさなえの耳元に口を寄せ、憑かれたように何かをささやいていた。聞きたくなかった。聞いてはならない。顔をさらに息子の頭に、柔らかい髪に押しつけた。熱を感じた。かすかに潮の味がした。息子のにおいが鼻いっぱいに広がった。

ウミガメの夜

夜の海がずっとそこにあることに気づいて、その不穏さ、その優しさ、その捉えどころのなさに打たれ、濡れて、三人はじっと黙りこくったかのようだった。もうしばらく前から海岸沿いの道路を走る車はなく、ゴミ焼却炉か火葬場の煙突とおぼしきものが見える岬の向こうに日が沈んでしばらくすると、遠くから届いていた祭りの練習をする太鼓の音も聞こえなくなっていた。引き潮のせいで波打ち際は三人のいるところからかなり遠くなっていたが、月光のかけらがまき散らす波の音は、すぐ近くから、それも自分の内側から鼓膜に響いてくるようだった。波音はあまりにも規則的だったがゆえに、意識そのものを織りなすよこ糸となって、それ自身の存在を忘れさせていた。その織物の上に描き出されていた各人ごとに異なる模様が、三人のそれぞれに自らの沈黙を忘れさせていたのかもしれない。その模様を描いていたのは、三人の脇の砂浜でひっくり返ったウミガメのひれのような四肢だったのだろう。そう、ウミガメはひっくり返っていた。その堅い腹は、まるで月からしたたる光に染められたかのように白かった。四肢が動くたびに甲羅は砂のなかに沈み込んだ。しかしその重みの下で崩れる砂のかすかな音は、優しい波の音に消されて聞こえない。かりにこの衰弱したウミガメの目から涙がこぼれていたとしても、そしてそれが流れる音がしたとしても、波の音にかき消されてしまう。

いびつな球形の月は、空に浮かんだ、というよりも、夜空という黒い砂からはみ出してしまった卵のようだった。そのせいかひどく無防備に感じられた。母ウミガメが涙を流すとしたら、それはやや黄味を帯び、表面に暗い模様を描くこの大きな卵のせいだった。砂にうがった穴に卵をひとつまたひとつと産み落としながら、母はその孤独な卵のことを考える。それは時間とともに引っ込んだり膨らんだりするだろう。中から子が出てこようともがいているかのようだ。でもその子の顔を母は見ることができないだろう。それがわかっているから母は泣いている。

三人のうちの一人、今野一平太《いっぺいた》は、幼いころウミガメの産卵を見るために祖父に連れられて来たのがこの海岸だったのかどうか確信が持てなかった。景色が変わってしまったと認識できるほどの記憶もなかった。その日の午後、自分の記憶があてにならないと痛感したばかりだった。見覚えがあると思い、途中で立ち寄った家は、父方の祖父の家ではなかった。いくら呼んでも誰も出てこず、もう祖父母は亡くなったのだろうかと不安になっていたところに、緑色の野球帽をかぶり、ポケットのたくさんついたベストを着た老人が現われて、そこが祖父の家ではなくて、タイコーという人の家だと教えてくれたのだ。

タイコー？　そのときは変わった名前だなと思っただけで、聞き流したが、ずっとその人のことが頭から離れなかった。でもどうして祖父母の消息よりも、顔も知らないそのタイコーという人のことが気にかかるのだろうか。老人の話では、タイコーという人は大分市の病院に入院しているということだった。一平太の母もまた入院していた。そして老人の話から、一平太は母とタイコーという人がたぶん同じ病気だということに気づいた。だから、一平太はタイコーという人のことを考えることで、母のことを考えまいとしているのだろう。まるで人間の頭はある瞬間にはただひとつのことしか考えられないと一平太は信じているかのようだった。物体は同じ瞬間に複数の場所に存在することはできない。大学の三回か四回しか出たことのない哲学の講義で、しゅっと細身の洒落たスーツを着た若い教師がそう言うのを聞いて、言われてみれば当たり前のことだけれど、一平太はなぜか深く感心した。でも、人間の頭のなかで流れ、渦巻いているものの、思考は、きっとちがうのだろう。タイコーという見ず知らずの病人のことを考えること、それは同時に母のことを考えるのと同じだった。その教師は「われ思う、ゆえにわれあり」という哲学者の言葉を紹介した。でも、いまタイコーという人のことを考えながら、同時に母のことを考えている自分は、いったいどこにいるのだろう？

道路は整備されて幅も広かった。道路の片側に続く防潮堤の上にはいくつか屋根付きの休憩所すらあり、飲食できるようにテーブルと椅子が置いてあった。かなり長い砂浜に沿ったその防潮堤の先には、それこそウミガメの背中を思わせるゆるやかなドーム状の屋根を持つ巨大な施設があった。周囲の家々はそのせいでやけに小さく見えた。まるで親ガメの周囲に群がる小さな子ガメみたいだった。それはマリンパラダイスという宿泊施設と海洋博物館を備えた建物だった。一平太が小さな頃にはそんなものはなかった。

祖父がいつも緑色の野球帽をかぶっていたことは覚えていたが、顔ははっきりと思い出せなかった。一日も早く東京の母のところに帰りたい、ただそればかり思って悲しくなっていたことだけはよく覚えている。それ以外の記憶は輪郭がぼやけて曖昧なところが多い。だから、祖父に連れられてウミガメの産卵を見るために海岸に行った記憶ははっきりあるのに、具体的なことが思い出せないので、夢だったのではないかという気すらしてくるのだ。夢にせよ現実にせよ、寝ているところを祖父に起こされて軽トラに乗せられた。どうしてそのとき姉は一緒ではなかったのだろうか。姉は爬虫類とか両生類が嫌いだったからだろうか。昆虫もダメで、祖父がどこかからもらってきたカブトムシにも絶対に触ろうとしなかったし、家のなかで小さな蜘蛛《くも》でも見つけようものなら悲鳴を上げて祖母にすがりついた。それを見て一平太は祖父と笑ったのか、笑わなかったのか。

ウミガメの産卵などなかなか目撃できるものではない。だからもしもあのとき、海岸で祖父と一緒にその場面に遭遇していたとしたら覚えているはずだ。大きな流木の上に祖父と並んで腰かけていた記憶もあるのだが、それはまた別のときの記憶かもしれない。覚えているのは、横に誰が座っているのかもわからない真っ暗闇だ。その記憶は確かだ。闇は闇であり、漆黒の輪郭はぼやけようがないから。でもそうなると、そのときに行った海岸が、いま友人二人と一緒にいるこの砂浜と同じものかどうか確かめようがない。

一平太は立ち上がった。

いや、ちがう。あれは祖父ではない。たぶん父だ。

一平太は海から目を逸《そ》らし脇を見た。ウミガメはひっくり返ったままだった。四肢がときどき動いた。そのすぐそばでウミガメと同じ恰好ですっかり酔っぱらった下川徹が眠っていた。たしかにここで海を見ながら、三人はビールや酎ハイの缶をかなり空《あ》けていた。運転をしない徹は車中でもずっと飲んでいた。

その横では、もう一人の友人、佐藤雄真《ゆうま》が両手を後ろにつき、あぐらをかいて暗い海を見つめていた。雄真もまた雄真で物思いにふけっているようで、どことなく話しかけにくい雰囲気だった。

三人は同じ大学の三年生になったところだった。今野一平太は経済学部経営学科で、下川徹は社会学部社会学科だったが、同じサッカー同好会に所属していたので仲良くなった。佐藤雄真は一平太と同じ学科で、選択外国語のフランス語のクラスで一緒だった。苗字のアイウエオ順でクラス編成がされるので、今野一平太の次に呼ばれるのが佐藤雄真だった（正確には二人のあいだには、斉藤啓介という学生がいたのだが、一度も授業に顔を出したことがなかった）こともあり、次第に口をきくようになり、専門課程に進学し、語学クラスがなくなったあとも自然に付き合いは続いていた。

ゴールデンウィークが終わったばかりの時期に大学を休んで旅行しようなどと一人が言い出し、それに二つ返事で他の二人が答えたというのだから、彼らの学生生活がどんなものだか容易に想像はつく。そう、三人とも二年を終えた段階ですでに、四年間での卒業は絶対に無理なことが明らかな単位数しか取得できていなかった。今野一平太と佐藤雄真はともに一年次必修のフランス語を落とし、二年次でも同じクラスになったが、授業には出ず、やはり授業には出ないのにサークルがあるのでキャンパスに来ている下川徹も加わって、学食や大学のカフェで時間を潰した。喋っているときはそれなりに真剣に話し、それなりに真剣に合いの手を入れ、それなりに真剣に腹の底から笑っているはずなのに、何を話していたのか後でほとんど思い出せず、かといってよく喋ったという充実感もなく、キャンパスの隅っこ、わかりにくく遠い場所に追いやられているため行くのも億劫《おっくう》になってしまった喫煙所で吐き出す煙と同じように、意識や言葉はどこにも残らず宙にかき消えるのだった。だから誰が言い出しっぺだったのかは思い出せなかったが、旅行の行き先を提案したのは一平太だったはずだ。

三人が訪れたこの土地は、今野一平太の父親の故郷だった。まだずいぶん幼いときにも盆か正月のどちらかに両親に連れられて来たことがあるらしいが、まったく覚えていない。記憶にあるのは、祖父に連れられてウミガメの産卵を見に行った小学校三年のときの夏休みだ。三つ上の姉と一緒にたぶん夏休みをまるまる父の実家、祖父母のところで過ごした。その時期には両親の関係はもはや修復不能になっていて、東京の家に戻ると父の姿は完全に消えていた。一平太がもの心つく頃には父母はすでに別居しており、ときどき家にやって来て、母と声をひそめて話している男が自分の父親だとはずっと気づかなかった（むしろ同居していた母の父、つまり祖父のことを、母が「パパ、パパ」と呼ぶものだから、一平太も小学校に上がる頃まで祖父のことをずっと「パパ」と呼んでいた）。母と接するほんのわずかなあいだにも、無機質なほど落ち着いた男の口調のなかに、いまから思えばだが、怒りというか憎しみというか何か暴力的なものがいまにも噴出しそうな緊張感が子供心にも感じられて、男がやって来た次の日には熱が出たり腹が痛くなったりして保育園を休んだ。

父との縁は完全に切れてしまっていた。とくに連絡を取りたいとも思わなかった。だから小学校三年のときに訪れた父の故郷が正確には何という地名なのか知らなかった。

「母さん、あれ、あそこってどこだっけ？　何県だったっけ？」

病院に見舞いに行ったときに一平太は母に訊いたが、たぶん答えを求めていたわけではなかった。むしろ母が目をつむっていたから、眠っているように見えたから、口にできたのだ。寝息は聞こえなかった。苦しそうなため息も漏れてこなかった。本当に眠っているのだろうか。一平太がベッド脇のパイプ椅子から立ち上がろうとすると、母のかすれた声が聞こえた。

「なに？　何か言った？」

目を開けるのもつらいのだったら、そのまま無視してくれればいいのに。

「ううん。何でもないよ。寝ときなよ」

一平太は入院患者の家族たちの控え室にもなっている食堂に行った。時間が時間だったので、いくつか並んだ白い長方形のテーブルで食事を取っている、あるいは付き添いの家族に食べさせてもらっている入院患者の姿はなかった。数人の家族たちが部屋の奥に置かれた大きなテレビの画面を見るともなく眺めながら、携帯電話を覗き込んだり、部屋に置かれてある雑誌をめくったりしていた。

「ばあば」

一平太の声にいちばん手前のテーブルにいた祖母が振り返った。

「お母さんはどう？」

「寝てる」

「そう」

「ばあば、あそこって何県だっけ？」

「あそこって？」

「おやじの田舎」

　母によく似た祖母の目元が少しだけきつくなった。いまではほとんど家族の口にのぼらなくなったとはいえ、何かの拍子に父の話題が出ると、ほとんど条件反射のように警戒の雲が無意識の底から湧き上がって祖母の目の底を濁らせるのだ。

「おれ、小さいときに行ったことあるでしょ？　あれ、どこだったっけ？」

「どうしてそんなこと知りたいの？」

「いや……なんとなく……」

「あちらのおじいさんとおばあさんは本当にいい人たちだったんだけどねえ……」

「ほんと？　おれ、あっちのじいじには、ろくな思い出ないよ……。なんかおっかねえじいさんだったなあ。漁船の掃除をさせられてさ、なに言ってんだかまったくわかんねえんだもん。道具を持ってこいって言われて、これかと思って持っていったら、ちがう、馬鹿たん、って怒られてさ」と言っているうちに、一平太は思い出してきて笑った。「そうだ、『馬鹿たん』って言われたんだよ、意味がわかんなくて、きょとんとしてたら、また何か大きな声で言われてさ。びびりながら、別の道具を持って行ったらさ、また『ちがう、馬鹿たん』だって。まじで怖くて、東京に帰りたかったよ。

姉ちゃんのほうは家で、ばあちゃんとよもぎ餅を作ったり楽しかったみたいだったけど、おれは釣りに行くからって朝っぱら叩き起こされて船に乗せられて、そしたらぐわんぐわんすごい波でさ、すぐに船酔いして、げーげー吐いてさ。なのに見てるだけで、じいさん、何もしてくれねーんだよ。殺されるかと思ったし、おれもまじで殺意を覚えたよ。とにかくさ、何を言ってんのか、まったくわかんなくてさ、は、何語？これまじ日本語？って感じでさ、よく夏休みのあいだ耐えてたと思うよ」

まなじりから険しさは消え、祖母はやや呆れたようにほほえんでいた。

「大分県の佐伯市ってところよ」

「え？」一平太は顔を上げた。「佐伯市？　大分県？　じゃあ四国かー。そんな遠かったかー」

まるで後頭部を殴られたみたいに唖然として、私立の女子校の国語教師だった祖母は深々とため息をついた。

「九州よ、四国じゃなくて、九州。よくそれで大学受かったわね」

「だってばあちゃん、おれ、ＡＯ入試だもん」

「ＡＯって？」と今度は祖母が尋ねた。どうせ答えられないだろうとからかったり困らせたりするためになされる偽りの疑問とはちがう純粋な疑問であることは祖母の表情からわかった。これとまったく同じ顔をして同じ質問を、当時はまだ癌だと原因がわかっていなかった体調不良で仕事を休んでいた母は、高校三年生だった一平太に尋ねたのだ。あれから二年も経ち、受験前に「ＡＯ」が何の略なのか調べたはずなのに同じ質問に答えられなかった。

「え？」と一平太は廊下のほうを振り返った。聞こえたのだ。祖母の（だから二年以上前の母の）疑問に答えたのは、テレビの画面に映っていた夕方の情報番組の司会者の声でも派手な衣裳の女性コメンテーターの声でもなかった。では誰だったのだろう？

「『アホでもＯＫ』じゃない？」

たしかに、と納得して、ははは、と一平太は軽い笑い声すら漏らしてしまったものの、よく考えればなんと失礼な。しかし食堂の出入り口からは、廊下を早足に通り過ぎる看護師と、どこか頼りなげな足取りのパジャマ姿の老人男性しか見えなかった。前者はアホの相手をしている暇などなさそうだったし、目の手術をして片目を昆虫の複眼を思わせるきらきら輝く銀色のカバーで覆われた後者のもう片方の目には、アホなど入る余地はなさそうだった。

腹を夜の天空に向けてひっくり返ったウミガメは、ときどき思いついたように四肢を動かした。しかしその動きからは、産卵した卵を覆い隠すために浜の砂を後ろに飛ばしていたときの力強さは失われ、むしろ感じられるのは力の抜けたゆるやかさだった。砂をかけるというよりは水を掻いているようだった。ウミガメは、その白く硬い腹の上にどこまでも広がる暗い空を遊泳しているつもりなのかもしれなかった。ウミガメが前肢を掻くと、波音に閉じ込められた時間が再び動き出した。

佐藤雄真が何かつぶやくのが聞こえた。しかし下川徹は砂の上に仰向けに寝転がったまま聞こえないふりをした。ウミガメと一緒にかすかな月明かりに満たされた夜空を漂っているような不思議な感覚、一種の酩酊にずっと浸されていたかった。

*

たしかに朝から飲んでいた。三人のなかで一人だけ免許を持っていないので、気にせず飲めた。前の晩、ほとんど寝なかったので、電車に乗ってビールを飲み出したらすぐに眠くなった。博多から途中の大分駅でソニック号を降りて普通電車に乗り換えた――らしいのだが、まったく覚えていない。その普通電車のなかで爆睡した。佐伯駅に着くと昼過ぎだった。青い空には雲がわずかにたなびき、陽射しはけっこうきつかった。今野一平太が駅レンタカーのオフィスで車を借りる手続きをしているあいだに、雄真を誘って通りの向こうのコンビニに行った。駅前の道路なのに車の往来があまりなかった。信号を無視してコンビニ側に道路を渡るとき、突然、雄真が弁当を買うのかと訊いてきた。

「なんで？」と徹は訊き返した。

せっかく田舎に来たのだから道の駅とか地元の店で買ったほうがよいのではないかと雄真は言った。

「ふうん。さすが地方出身者」

悪気などない。事実を言ったまでだ。佐藤雄真は岩手県の海岸部の出身だったからだ。しかし、自分では気づかなかったけれど徹の口調に侮蔑的な響きがあったのだろうか。雄真の助言を無視して、どこでも買える唐揚げ弁やらノリ弁を（大分名産とり天弁当が置かれてあったにもかかわらず！）買ったこと、そしてレンタルした軽自動車でドライブを始めてすぐに入った地元のスーパーには、とり天弁当に加えて地元の魚や野菜を使ったお買い得価格の本当にうまそうな弁当が並んでいたこと、しかもみんなで飲もうと買った缶ビールや缶チューハイを徹が後部座席で早々にひとり飲み始めたこと——そうしたことが雄真をさらに不愉快な気分にしてしまったのだろうか。

あとから思い返してみると、たぶん、あのあたりから、駅に着いたあたりから雄真が剣呑な感じで無口になってしまったのだ。

しかし徹もそれなりに雄真の変化の予兆を感じ取っていたにちがいない。でなければ、コンビニを出るときにすでに雄真の機嫌を伺うように尋ねたりはしなかったはずだ。

「おれさ、大分からの電車でずっと爆睡してたから、まったく景色見てねえんだけど、どうだった？　窓からすぐそばに海が見えてきれいだったんだろ？」

雄真は返事をしなかった。いや何かもごもごと言った。

「え？」と徹は訊き返した。「似てる？　似てるって何が？」

しかし雄真は徹を置き去りにするように、車の脇に立って手を振っている一平太のほうへすたすたと歩いていった。

駅から運転したのは今野一平太だった。助手席には雄真が座った。徹はビールの缶を片手に、軽自動車の後部座席にほとんど寝そべるような恰好で座っていた。一平太の運転には迷いがまったく感じられなかった。まるで行き先が決まっているかのようだった。

「おまえ、道、覚えてんの？」と徹は訊いた。「全然迷ってる感じしねーよ。覚えてんの？」

　一平太はおかしそうに笑った。

「ぜんぜん。そもそも覚えてるわけねーじゃん。最後に来たのって小学校三年のときだぜ」

「まじかよ」

「だって走りやすいじゃん、ここの道。うひょー」

　奇声を上げながら一平太はアクセルを思い切り踏み込んだ。車は広々とした畑のあいだを抜ける一本道を疾駆した。

「うひょー、じゃねえよ、ったく」と徹は呆れた声を上げた。それから助手席の様子を窺うようにつけ加えた。「なー、雄真」

　雄真は会話に加わらなかった。雄真はもともと口数が少なかった。吃音があるせいかもしれない。前の晩は、博多の格安の旅館に泊まった。朝の三時くらいまで起きて、三人で延々と喋った。いや三人ではない。月明かりの差し込む窓際に置かれた低いテーブルを挟んで籐椅子に座り、酒を飲み煙草をふかしながら喋っていたのは、徹と一平太だった。雄真には面識のないサッカー同好会の仲間たちのバイト先や恋愛での失敗談などで盛り上がっていた。たわいもない話だ。座敷に敷いた布団でうつぶせになった雄真の黒い頭は動かなかったので、てっきり先に寝ているのかと思っていた。突然、顔は二人に向けることなく雄真が訊いてきた。思い詰めた口調だったからか、吃音のせいで思い詰めた感じに響いたからか、単なるためらいからか、語尾がちゃんと聞き取れなかった。しかし問いかけだとわかった。

「こ、ここ、今野、お、お、おかあ、お母さん、だ、だ、だい、だいじょ、じょ、じょ……？」

それは聞いちゃいけねえんじゃね？　徹は思った。母親の具合が本当に悪かったら旅行なんて行く気にもなれないだろう。大丈夫だからこそこうやってみんなで旅行しているのではないか？　どん引きなこと言うなよ、と声がした。一平太ではなかった。徹でもなかった。しかしたしかに徹には、誰かが、ひどく意地悪な声が、雄真に向かってそう言い放つのが聞こえたのだ。それを言い出したら、おまえこそ旅行なんてしてる場合じゃねえだろ？　すると、みずから発したその問いに含まれた火種に気づいた声が急に調子を和らげ、火種をもみ消そうと問い直すのが聞こえた。それを言い出したら、単位も全然取れてないのに、おまえら全員、旅行なんてしてる場合じゃねえだろ？

しかし誰も笑わなかった。饒舌だった一平太が急に言葉少なになって、あとはいくら徹が話しかけようとも、心ここにあらずと言ったふうだった。

気づくと徹は布団にもぐり込んで眠っていた。何時頃だったのか、すでにカーテンから朝日が差している窓際の椅子に浴衣姿の一平太がまだ座っているのが見えたような気がした。

「起きろ、徹、寝てんのかよ？」

一平太の声で徹は目覚めた。三人の乗った車はカーブの多い山道を走っていた。峠を降りきって平地に入っても道は曲がりくねることを諦めようとしなかった。峠に入る前に突っ走った見通しのよいまっすぐな道路が嘘のようだった。家々が密集する集落を抜ける道は狭く、海岸沿いの道路はこれでもかとばかりにカーブの連続だった。道路の右側にはコンクリートで固められた山の斜面が、左側にはすぐそばに海が迫っていた。濃紺の水の上には筏がいくつも浮かび、その向こうに対岸の集落の家々が見えた。

「停めてくれる？」と徹は言った。

「オッケー！」と言ってから、笑いながら一平太はさらに付け加えた。「アホでもオッケー！」

「なんだそれ」

しばらく走ってから一平太はハンドルを切ると、小さな作業所のような建物のそばの空き地に車を突っ込んだ。敷地への入り口を示す傾いた木の杭に看板が立てかけられ、「伊藤造船」という文字と電話番号がまだ読めた。造船所が使われていないことは一目瞭然だった。徹は助手席の雄真を見た。後ろ頭は窓のほうに傾いていた。寝ているのだろうか。雄真の実家が造船所を営んでいることは知っていた。津波に流されて造船所もそばの実家もなくなってしまったのだ。よか、よかった、った、も、も、うう、あ、あと、あとを、つが継がなくて、よ、よ、よくなった、った……。そう雄真は言って、はははは と笑った。ははは は。笑いは吃らないんだ、とそのとき心のなかで誰かが言うのが徹には聞こえたが、徹のものなのか誰のものなのか判然としないその声は、でも、あいつ、姉ちゃんの旦那さんがもう跡を継ぐことになってるから、自分は好きなことやっていいんだって言ってたよな……という別の声を無意識の海の波打ち際に押し戻そうとしていた。

徹は車から降りると、小便ができそうな場所を探した。そこはどう見ても廃墟だった。蔓草に覆われた壁は雨で汚れ、窓ガラスは割れていた。壁沿いには雑草に隠されるようにして、カビの生えた木材や赤錆びた金属製のパイプが乱雑に重ねられていた。造船所なのに明らかな廃車が何台も並んでいた。なかにはタイヤも窓ガラスもないボディだけのものもあった。

徹は空き地の端まで歩いた。せっかくなので海に放水だ。湾を見ると、小さな漁船が横付けされた筏の上に人の姿が見えたけれど、いくら漁師が目がよくてもあそこからでは見えないだろう。

「おれも、おれも」と声がした。横を見ると、いつの間にかやって来た一平太がズボンのファスナーを降ろした。「おれも放水大作戦」

二本の弧を描きながら尿が海面を叩く威勢のいい音がした。しかし一平太の弧はすぐに細くなり途切れた。

「おれはまだまだ」と徹は得意げに言った。「やっぱビール飲むと大量に出るわー」

その弧が激しく揺れた。

「なんだよ?」と徹は振り返った。放水活動を終えて車のほうに戻ったと思った一平太が驚いた声を上げたからだ。

一平太の前には、小柄な爺さんが立っていた。オークランド・アスレチックスの野球帽をかぶり、白いハイネックのカットソーの上に大小のポケットのたくさんついたベストをはおり、オリーブ色の作業ズボンを穿いていた。よく日に焼けた顔の目元には深い皺が刻まれていて、笑っているのか怒っているのか、表情が読めなかった。どこから現われたのか。三人が乗ってきた軽自動車の後ろに白い軽トラックが停まっているのが見えた。音に気づかなかった。

「え？」

老人は口を動かしているが、何を言っているのかわからない。

一平太が笑いながら、顔の前で手を振った。

「ちがう、ちがいますよ。そんなことしないっすよ」

ジーンズの前ボタンを留めると徹は一平太に背後から近づいた。

「何だって？」と小声で一平太の耳元に囁いた。

「そこの干しイカを盗みに来たんじゃねえのか、って疑われた」と一平太はささやき返した。

「干しイカ？」

老人が何か言いながら指差した。体の割には大きな手だった。幼稚園児の粘土細工みたいな太くてごつごつした指。指が差している方向ではなくて、指そのものに目が行った。何だか不自然だ。途中で切断されている指があった。思わず目を逸らした。干しイカにぶつかった。干しイ
逸らした目が物干し縄にぶら下がった、ボロ切れのような物体にぶつかった。干しイカがずらりと並んでいた。

「このあいだ高校生に盗られたんだってさ」

爺さんがさらに何かを言った。

「ちがいます。休みじゃないけど旅行です……」と一平太が答えた。「おれ、父がここの出身なんで……」

老人が口を開いた。

「日高誠です」と一平太は答えた。

「誰？」と徹は訊いた。

「おやじ」と一平太は答えた。苗字がちがうじゃん、と徹は言いそうになった。

「知ってますか？」と一平太は老人に訊いた。

老人は首をぴくりとも動かさず答えた。野球帽のひさしの下の目元の皺が濃くなった。また何か言った。大きな声だ。外国語みたいに響いた。いや、それは言葉というより、蝿が止まりそうなねっとりとした質感のある白濁した塊のように徹には思えた。干しイカのまわりには黒い点がたくさん舞っていた。蝿だった。

「おまえ、じいさんの言ってることわかんの？　ありえねー」

しかし一平太は徹の問いかけなど無視して――まるで実は徹だけが周囲には理解できない外国語を喋っているかのようだった――、老人に尋ねた。

「日高道男さんちって、このあたりでいいのかな？」
爺さんが答えた。
「そうなんだ……」
老人は手をあげて会釈すると、徹と一平太の二人を置いてすたすたと遠ざかってい
った。途中、三人の乗ってきた車を通り過ぎるとき、老人は足を止め、助手席に座っ
ていた雄真に話しかけた。起きていたのだろう、雄真の顔が老人へと上げられるのが
見えた。雄真の口は動いていた。徹は不安になった。開けられた窓越しに雄真は老人
に言葉を返していた。

＊

ウミガメをひっくり返そうと言い出したのは佐藤雄真ではなかった。産卵を終えて
卵にばっばっと勢いよく砂をかけるときまでは少し離れたところから見守ることがで
きた。なのにどうして雄真は、海に戻ろうとまだ遠い波打ち際に向かって匍匐《ほふく》しはじ
めたウミガメの進路を遮るばかりではなく、ウミガメをあんなふうにひっくり返すな
んてことができたのか。後ろから笑いながら（本当に？）ついてきた今野一平太は、
心底驚いたようにその場に突っ立って何も手伝ってくれなかったので、雄真は一人

で、ウミガメの脇に両膝をつき、腹の下に両手を差し入れ、ウミガメを持ち上げなければならなかった（思ったよりは軽かった。一平太の助けは必要なかった）。ひっくり返されたのに、そのことに気づいていないかのように、まだ砂の上を這っているかのように、ウミガメはひれのような四肢をゆっくりと掻いていた。波の音は新しい時間を連れてくるというよりは、同じ時間をくり返し、何もかもを同じ時間のなかに閉じ込めようとしていたから、ウミガメの宙を掻く前肢の動きがかりにそこから逃れようとするためのものであっても、ひっくり返っていることもあってか（ひっくり返したのはおまえじゃないか）時間のなかを前に進んでいるのか、あるいは時間を遡ろうとしているのかよくわからなかったし、雄真は自分がそのどちらを望んでいるのかもわからなかった。もしも後者のほう、つまり時間を遡ろうとしているのだとしたら、彼女（彼女？　ウミガメでいいじゃないか？）は砂を掘り、穴をうがち、そこにもう一度卵を、いくつもの卵を、涙を流しながら（本当に泣いていたのだろうか）、産み落とさなければならなくなってしまう。そして産卵を終えて疲れ切った体を引きずりながら海に帰ろうとした矢先に、学期中なのに授業をさぼって九州にやって来た（どうしてこんなところに来ているのだろう？）大学生にひっくり返されるのだ。そして前肢と後ろ肢を掻く、掻く、掻く……。

車の窓から見える風景は心躍るものではなかった。海と山が入り組んだリアス式海岸の風景は、雄真に故郷を思わせた。ここも過疎の土地だった。道行く人をほとんど見かけなかった。すれ違う車は、水産会社のトラックを除けば、運転しているのはみな高齢者と呼んでもいい人たちばかりだった。

通り過ぎていく集落は清潔に見えた。清潔？　どうしてそんなふうに感じられるのか雄真にはよくわからなかった。家々の庭木がきれいに剪定されているから？　庭やベランダにきちんと干された洗濯物のせい？　陽射しのせい？　紺色の湾に反射する光がいっさいを消毒している？　いやちがう。なぜなら車の開けた窓から入ってくる大気には潮の香がし、そこに何か腐ったような臭いが混じり込んでいたからだ。死の臭い。死を消し去ることはできない。雄真はびっくりした。誰がそんなことを言っているのだろうか。海岸に沿った道はそしらぬ顔で、海とくんずほぐれつする地形に合わせて蛇行し続けていた。光は透明な衣となって死を包むことしかできない。透明だったら隠せないじゃないか？　誰かが勝手に雄真の意識を通して語っていた。頭の一部をハイジャックされている気分だった。でもどうして清潔に感じられるのだろうか。道沿いには廃屋が点在していた。新築であれ古いものであれ、人間の生活がはっきり感じ取れる住居のすぐ横に、生命に関わるものを欠いた空っぽの家がある。死者と生者が一緒に暮らしている――その聞こえてきた声を発しているのは誰だかわからなかったが、その声のおかげで、生者と死者が一緒に暮らしていると思った、感じた、理解したのはまぎれもなく雄真だった。見えない死者たちが廃屋というかたちでその姿を現わしていた。

でもそれをどうして清潔だと感じるのだろう？　いや、清潔というのはたぶんふさわしい言葉じゃない。きれい、あるいは美しい。美しい？　でも、こんな終わりかけた田舎のどこが美しいと感じるのだろうか。

そうだ、終わりかけているから、何かが終わろうとしているからだ（そうなのか？）。もうその声に勝手に喋らせておけばいい。ふと痴呆になって死んだ祖父のことを思い出した。さっき一平太たちが小便をするために車を停めた造船所（そうだ、造船所だった。すぐに雄真は気づいた。だから寝たふりをしたのだ）で会った老人のせいかもしれない。小学校のときに一度お見舞いに行ったときの光景が甦った。それは言い方はおかしいが、視覚ではなくて嗅覚による光景だった。玄関の自動ドアが開いたとき、尿のアンモニア臭と糞便のしつこい臭いとそれらを無理矢理かき消そうとする強烈な消毒液の臭いが入り混じった恐ろしい悪臭（悪臭としか表現できなかった）が鼻腔から体のなかへとわっと押し寄せた。雄真は足がすくみ、激しい吐き気に襲われた。そのとき祖父に会ったはずなのにまるで記憶がない（その病院だか介護施設だかも津波の被害を受けたと聞いたが、祖父はそれ以前に亡くなっていた）。おぞましい臭いが皮膚の裏側にまでしみついた気がして、帰ったらふだんはしないのに石鹸で手を洗い、風呂では体を泡だらけにしてごしごしとこすったが、その臭いは皮膚の裏側どころか記憶の裏側にまでずっとこびりついているような気がした。そのあと、両親から祖父の見舞いに行こうと言われてもかたくなに拒絶した。ついて行く姉の気が知れなかった。

雄真は昼間立ち寄った家のことを考えていた。そのとき運転をしていたのは雄真だった。「慣れてるだろ。運転代わってくれる？」と一平太のほうから言ってきたのだ。リアス式海岸沿いの道はカーブが多く、たしかに慣れていないとひやっとすることも多い（でもどうしてこうした場所での運転に雄真が慣れていると一平太は知っているのだろうか）。「そこ右に曲がって」「そこの公民館っぽい建物の脇の道を入って」と一平太は次々と指示を出した。一平太がどこに行こうとしているのか、雄真はとくに興味はなかった。後部座席でがくりと頭を垂れていた徹はたぶん寝ていたのだろう。

道沿いに再び、家々がぽつぽつと増えはじめ、また新しい集落が現われた。たちまち人家は途切れ、トンネルが口を開けて彼らを待っていた。トンネルを抜けると、いきなり目の前に青い海と空が広がって、雄真の視界を押し破ろうとした。抵抗して目を細めた。

「そこ左」と一平太が言った。

言われたとおり交差点で曲がり、防潮堤に沿った道路を進んだ。

「そこ、そこでストップ」と一平太が叫んだ。

コンクリートの壁沿いに停車した。壁は低く、松が道路の上に立派な枝を伸ばしていた。庭木のあいだから物置小屋とおぼしき建物、その奥に二階建ての住宅が見えた。この海辺の集落には、鉄筋コンクリート製の四角い箱を上下に積み重ねたかたちをした頑丈そうな大きな家がいくつもあることに雄真は気づいていたが、その家はどこにでもありそうな瓦屋根の日本家屋だった。

車を降りた一平太は門に表札を探していた。

「あれ？　ちがうのかな……」と一平太は首を傾げた。

雄真も車から降りた。潮と草とカビが混じった臭いがした。カビくさいのは家を囲む壁の下のほうが黒味を帯びた緑のカビに覆われているからか。トンビの鳴く声が聞こえた。不意に懐かしさに捉えられた。遠くで太鼓を叩く音が聞こえていた。祭りの練習なのだろう。耳慣れたリズムとちがったが、雄真にはすぐにわかった。

「こんちわー」

そう言いながら、一平太はすたすたと庭に入っていた。

一平太は門から見て右手にある物置小屋の脇を通り抜けて、家の玄関の前に立った。後ろからついて来る雄真に何かを言おうと振り返った一平太が、驚きの声を上げた。

「おわっ!」

その目線を追って、自分の横を見た雄真もびっくりした。物置小屋の軒下の日だまりに人がいたのだ。錆びついたパイプの折り畳み椅子に老婆が一人ちょこんと座っていた。小さな背中をさらに丸め、首を自分のなかに押し込もうとするかのように深くうなだれていたので、顔は見えなかった。

「死んでねーよな」と一平太は小声で言った。

大丈夫そうだった。老婆はうたた寝しているようだった。

「こんちわー、こんちわー。誰かいませんか?」

一平太は呼んだ。すぐそばで寝ている老婆を気にしてか、やや遠慮気味な声だった。雄真はちらっと小屋のほうを振り返ったが、老婆が頭を起こす気配はなかった。

「こんちわー。おーい、こんちわーっす」

やはり返事はなかった。雄真はドアの取っ手に手をかけて、軽く押したり引いたりしてみた。鍵がかかっていた。

「誰もいねえのかな……」と一平太がつぶやいた。

「おらん、おらん」

後ろから男の声がして、二人は同時にびくりと体を震わせた。振り返ると、老人が立っていた。オークランド・アスレチックスの野球帽をかぶり、ポケットの多いベストを着ていた。

見まがいようがない。さっき造船所の空き地で雄真に話しかけてきた老人だった。老人は雄真の郷里の老人たちとはちがう仕方でひどく訛っていたけれど、老人の言っていることが雄真にはわかった。はっきりわかった。どこから来たのか？　そう老人は訊いたのだ。そのとき雄真はなぜか、東京から、とは答えなかった。どうしてだろう？　東北から。そう雄真は老人に向かって言ったのだ。すると、野球帽のひさしの奥の目を細めて老人は言った。東北？　そりゃずいぶんと遠いところから来たのお。

老人が言ったのは、それだけだったのだろうか？

あとから、ひっくり返ったウミガメから少し離れたところであぐらをかいて座った雄真は、そのときのことをさらに思い出そうとするだろう。助手席から見上げると、老人の色の悪い唇と根元までむき出しになった下の歯が見えた。何本かはすでに失われていた。痩せて皺だらけのたるんだ喉には剃り残しの白い毛が何本か見えた。やおなかったのお。それは雄真の意識の一部を奪って勝手に喋り出す声が発したものではなかった。雄真の意図を無視して喋るが部分的には雄真のものであるはずのその声が、やおなかったのお、と雄真が聞いたことのない訛りを使って喋るなんてありえないからだ。「大変だったな、って意味だよ、たぶん。やわらかくないってことだよ」と車中で一平太に訊くと教えてくれた。だから間違いなくあの老人の声だ。もうあまり動かなくなっていたウミガメがひと掻きした(でも何を掻いたのか？　水？　砂？　時間？)。

その家の前で再会した老人は、さらに一平太に何か言おうとしたが、物音に気づいて振り返った。

下川徹だった。車のなかに置いてきぼりにされていた徹が目を覚まし、二人のあとを追って出てきたのだった。

「あ、さっきの爺さん」と徹が声を上げた。そして納屋の軒下の椅子で眠っている老婆に気づいて、体をびくりと弾ませた。漫画みたいに大げさな身振りで、雄真は大きな声を上げて笑った。たなびく白い雲にからめ取られる間もなくたちまち空全体に広がっていく滑らかな笑い声だった。

「おらん、おらん」と老人が言った。「誰もおらん」

「ここ、日高さんちじゃないんですか？」

老人は笑った。

「ちがう、ちがう。ここはタイコーんところじゃ」

「太鼓だって？」ようやく意味のわかる単語を聞き取れたと思った徹が、嬉しそうに雄真の耳元にささやいてきた。「たしかに太鼓の音だよな、これ」

「ちがう、ちがう」と答えたのは、雄真ではなくて老人だった。

「なんつってんの？」

三人に向かって喋り続ける老人を見つめながら、徹は今度は一平太の耳元に小声で訊いた。

「あれは祭りの太鼓の練習なんだってさ。でも爺さんが話しているのは、それじゃなくてタイコー。ここの家の息子さんがタイコーって言うんだってさ」

「ヘンな名前。で、そのタイコーがどうしたの？」

老人はさらに二言三言何かを言った。それから手を上げて、指で頭をつついた。一平太の表情が強ばるのが雄真にはわかった。老人の指を見つめる徹の目は滑稽なくらい怯えを滲ませていた。

それから老人はまだ小屋の軒下に置かれた椅子で眠っている老婆のところに行った。肩に手を置いて、やさしく揺すった。老人は老婆の耳に口を近づけた。かなり大きな声だった。

「ちよ姉、ちよ姉、起きんか。ほら、起きんか」

老婆は顔を上げた。白髪を後ろで結び、顔は皺だらけだった。その視界には、家の前に立っている三人が入っているはずだが、まるで見えていないような目つきだった。老人に向かって顔を上げた老婆の口が動くのが見えた。

「おらん、おらん。タイコーはおらんのじゃ、ちよ姉。いくら待っても帰ってこんど」

老婆の顔が歪んだ。苦しそうで悲しそうだった。

「馬鹿じゃのう、そげな顔をするな、ちよ姉。帰らんっちゅうてもずっと帰ってこんわけじゃねえ。きょうは会われん、と言うておるんじゃ。いまタイコーは入院中なんじゃ。知らんかったんか、ちよ姉？　うん、そうじゃ、まだもうちょいかかりそうにあるの。タイコーのお父《とう》もお母《かあ》も病院に行っておるから誰もおらんのじゃ」

老婆が何かさらに言った。

「まこと、まこと」と老人が頷いた。「代わってやりてえってか？　そーよ、ちよ姉、おまえが病気になればよかったんじゃ。おまえがタイコーの代わりに入院してけえ。いまからでも遅うねど、ちよ姉、おまえがタイコーの代わりに入院してけえ」と言って老人が笑うと、老婆の皺だらけの口もゆるんだ。その口元を老婆は隠したが、「ひょひょひょ」だか「ひひひひ」だか気持ちの悪い笑い声が聞こえた。

それから老婆は老人の手を借りて立ち上がった。

「帰るど、ちよ姉」

そう言うと、老人は老婆を置いてすたすたと歩き出した。追いかけるように老婆も歩き出した。背中は少し曲がっていたが足取りはしっかりしていた。

家の前に取り残された三人は、遠ざかっていく老人二人の背中を何も言わず見つめていた。太鼓の音は聞こえていた。祭りの練習はまだ続いていた。

それから数時間後、夜の砂浜に座ったまま雄真は昼間の出来事を反芻していた。波打ち際は雄真たちがいるところからかなり遠かったが、波の音は耳のなかからじかに聞こえてくるかのように近かった。ウミガメはひっくり返ったままだった。そのそばで下川徹は寝息も立てずに気持ちよさそうに寝ていた。今野一平太の姿がなかった。

どこに行ったのだろうか。月明かりに照らされているとはいえ、海岸沿いの道路にはほとんど街灯がないので、遠くまで見通せなかった。

昼間訪れた家は、一平太が確信していたのとはちがい、彼の父親の実家、彼が幼いころに姉と一緒にひと夏を過ごした祖父母の家ではなかった。そこはタイコーという人の家だった。雄真はどういうわけだか、入院中だという顔も知らないタイコーという人のことが頭から離れなかった。老人が頭を指差したとき、一平太の顔つきが少し変わった。一平太の母親が入院していることは知っていた。かなり悪いらしかった。脳に腫瘍ができて手術をしたと聞いていた（あの老人は頭を指しながらたぶん同じことを言ったのだ）。

旅行なんて行っても大丈夫なのか、と何度も一平太に尋ねた。「大丈夫、大丈夫」というのが一平太の返事だった。

そして三人はここにいた。胸が苦しくなって、ふうっとため息をつきながら雄真が横を見ると、ひっくり返ったウミガメと目が合った。ウミガメと徹は同じ恰好をしていたが、ウミガメは苦しそうだった。前肢を何度か搔いた。何も搔くものもないのに搔いた。しかし失われた時間を引き寄せることも、消したい時間をはね散らすこともできなかった。ただ黒い砂のような夜空がめくれ、月がさらにそのいびつな姿をむき出しにしただけだった。

雄真にはあのとき、老人が老婆の耳元に口を近づけて、その肩をさすりながら優しく囁く声が聞こえたのだ。その声は言った。おのれの苦しみより他人の苦しみのほうが苦しいからのお。どういうことだろう？　人の苦しみなんて絶対にわからないのだから、むしろ逆ではないか。聞き間違ったのだろうか。

一平太に確認してみたかった。座ったまま首を伸ばして周囲に一平太を探した。そしてまたウミガメと目が合った。ウミガメがまた前肢を掻いた。力なく掻いた。諦めかけていた。

「もう元に戻してやってもいいんじゃね？」

静かな浜辺に声が響いた。本当にそれは雄真の声だったのだろうか。耳を澄ました。空には、黒い砂からはみ出した卵のような月が浮かんでいた。そこからしたたり落ちてくる白濁した煮汁のような光が、どこにも行けないウミガメの白い腹を叩く静寂。それを埋めていく波の音だけが聞こえていた。

お見舞い

高速道路のインターを降りて、すぐそばのショッピングモールに立ち寄ったときに、その日の朝、見舞いに行く途中でピックアップし、ここで降ろしてやったガイジンの若い女はどうしているだろうかと、首藤のトシこと、首藤寿哉《としや》は考えた。若い女は言葉がちがわなければ、一見するとどこがガイジンなのかわからなかった。でも女はほとんど喋らなかった。妊婦だった。ほっそりとした体つきなのに腹が大きくせり出していた。年はたぶんトシの娘たちとあまり変わらない。

トシと妻の美鈴とのあいだには四人の子がいた。上の二人の娘、二十二歳の真緒《まお》と、年子で二十一歳の次女の唯衣《ゆい》は、美鈴の連れ子だった。下の二人の息子、高一の大地《だいち》と中二の海斗《かいと》が、トシと美鈴とのあいだにできた子だった。トシが二人の子連れの美鈴と結婚したのは二十六のときだ。田舎の漁師町ではとくに早くも遅くもない年齢である。しかしその連れ子のおかげで四十五歳にしておじいちゃんになろうとしていた。

トシ自身は女気のない、むんと汗臭さと魚の生臭さがつねに立ちこめる漁師の家で育った。三人兄弟の末っ子だった。父親の寿市《としいち》が一代で興した水産会社は繁栄し、欲しいものはなんでも買ってもらえる甘やかされた裕福な子供時代を過ごしたが、会社の所有する船が船外機付きの伝馬船《てんません》から四艘の五トン船になっても、父親の乗用車がクラウンからメルセデス（当時、県南には四台しか走っていなかったうちの一台だった）になっても、にわかに食器棚を満たすようになったウェッジウッドやらマイセンの表面を飛来した糞蠅がぺたぺたと歩き回っているような生活は、洗練されたものからはほど遠かった。中学校を卒業するまで、月に一度兄弟全員が順々に母の手にしたバリカンで（途中から電動の「スキカル」になったが、その多様なアタッチメントが駆使されることはなかった）五厘刈りにされた。風呂に入れば石鹼をごしごしと体ばかりではなく頭にもこすりつけた。クラスの女子の髪から漂ってくるシャンプーの香りを吸い込むのが好きだった。同じようにシャンプーを使っているはずなのに、決して母の髪からは立ち昇らない甘い香りだった。結婚したら娘が欲しいと思うようになっていた。

それが連れ子という形であれ、トシはいきなり二人の娘を持った。真緒は三歳、唯衣は二歳だった。二人は実の父親をほとんど覚えていなかったこともあってか、「父ちゃん、父ちゃん」とすぐになついてくれた。下の唯衣は胸がふくらみ初潮が来るころまで一緒に風呂にも入ってきて、いまだに風呂上がりにはバスタオル姿で父の前を歩き、心配になるほどだった。口より先に拳が出る親父と兄たちのもとで毎日のように泣いて育ち（泣くと「泣くな」とさらに拳が落ちた）、自分は決して子供には手を上げまいと決意していたトシは、子供たちを可愛がったが、それでも息子たちには厳しくなりがちだった。そしてそれだけに娘たちを溺愛した。

長女の真緒は二十二歳で、母親の一度目の結婚のときと同じ授かり婚で、もうすぐ子供が生まれる。男の子だという。長男の誕生に際し父親の寿市から贈られた鯉のぼりを納屋から取り出し、庭で日に干した。田舎の風習に従えば、生まれてくる男児は正確には寿哉の家の孫ではなく、娘の嫁ぎ先の孫である。しかし真緒が結婚した木村真治には父親がおらず、その母親は市営住宅に暮らしていたし、結婚した二人は小さな借家に住んでいた。鯉のぼりを揚げるのは当然トシの務めであり、大きな喜びでもあった。

ガイジンの女は駐車場を抜けて、そばの総合病院のほうに向かっていった。その姿を見ながら病院の駐車場で降ろしてやればよかった、とトシは後悔した。ガイジンの治療費はどうなっているのだろうか、全額負担だと相当な金額じゃねえか、などと余計な心配までしていた。たぶんアリサのことが頭にあったからだろう。アリサとは、海軍横町と呼ばれている、歓楽街と呼ぶにはあまりにもしみったれた「まち」の飲み屋街で知り合い、店の二階でときどき抱いた。一度、アリサが試合後一夜明けたボクサーのように顔を腫らし、サングラスをかけて現われたことがあった。病院に行ったのかと訊くと、自費治療だから行けないと言われ、金を渡した。アリサもまたトシの娘たちと同じくらいの年頃だった。自分の娘に手を上げたことが一度もないトシは、アリサの顔を見てうろたえた。アリサの顔つきや体には、あどけなさというか未成熟なものが残っているようにトシには感じられた。滑らかでぴんと張った浅黒い肌や手のひらにすっぽりと収まる小さな胸に、トシは思春期のころの娘たちを思い出さずにはいられなかった。ところが、そうじゃないと笑い飛ばしたのは、アリサの働く店にトシを連れて行ってくれた日高誠だった。

三つ年上の日高誠はトシと同じ集落の出身で、もともとは二番目の兄の寿基《としき》――父の会社は長男の晴寿《はるとし》が継いだので自らも独立して水産会社を経営していた――の同級生だった。弟を使い走り程度にしか思っていない酷薄な兄たちとちがって、年下のトシに優しかった。家も近かったので小さなときからずっと遊んでもらった。気に入らないと、あるいは理由などまったくないのに弟だからという理由で、有無を言わさずヘッドロックやキーロックをかけてトシを泣かす次兄とはちがった。野球をすれば打ちやすい球を投げてくれたし、将棋やオセロをするときもいくらでも「待った」を許し、いま思えば、ときにはわざと負けてくれた。トシは兄のように日高誠を慕った。姉が一人しかいない日高誠もトシを弟のように可愛がってくれた。せんずりのかき方は兄たちがするところを見ていなくとも自然に習い覚えたが、釣り上げた魚の顎から釣り針を瞬時に外す方法を教えてくれたのも、漁協の仕事で県庁に行った父が買ってきた、集落の誰もまだ持ったことのない、猫のような名前のスニーカーが「ナイキ」と読むことを教えてくれたのも、買ったばかりの野球のグラブを柔らかくするやり方を教えてくれたのも、ペッティングやフェラチオという言葉の意味を教えてくれたのも、兄たちではなくて日高誠だった。そして日高誠とトシを同じ穴から生まれた、ではなく同じ穴に入った「兄弟」にしたアリサの体を見て、「あれは子供を産んだ体じゃ」と教えてくれたのもやはり日高誠だった。驚いたトシの顔を見て、「おまえは子供が四人もおって、わからんのか」と日高誠は呆れた。「自分で作ったんは二人だけじゃや、マコ兄《にい》」と訂正したあと、「どげえしてわかるんか?」とトシが訊くと、「乳首じゃや、乳首。子供を産んだ女子《おなご》はあげえ乳首がどす黒くなるんじゃ」と日高誠は当然のごとく言い放った。子供を四人産み、全員母乳で育てた妻の美鈴の乳首は、まったくどす黒くなく、ミルクの多いカフェオレのような美しい茶色をしていたが、トシは黙っていた。美鈴の前につきあっていた村田（旧姓鳴海）の良美と江藤（旧姓小林）の美奈は、たしか二人ともトシが最初の男だったが、少なくとも良美のほうは裸にしてみるとびっくりするほど乳首が黒く大きかったこともトシは黙っていた。しかしアリサの件に関しては、日高誠の判断は間違っていなかった。アリサは国元の母親に幼い子を預けていたことがあとでわかった。

子供のころのトシにとって日高誠の言葉は神の言葉に等しかった。耳のなかにいわば拳骨で無理矢理突っ込まれ従わされる両親や兄たちの言葉とちがい、自分から進んで耳を開き、その前に跪《ひざまず》いた言葉だった。だが年齢を重ねるにつれて、その言葉は必ずしも信に足るものではなく、むしろ根も葉もない勝手な思い込みの塊ではないかとトシはいぶかしむようになっていた。日高誠が発する言葉に対する疑念はますます枝葉を伸ばし、抜きがたいほど深く広く根を張るようになっていた。日高誠もまたすっかり変わってしまった。トシにとって心痛極まりないことに、いまでは日高誠の名前が地域の人々の口に乗るのは、十中八九ダメ人間の代名詞としてだった。

トシが憧れていたマコ兄はどこに行ったのか。日高誠はもともと頭のいい人だった。そもそも、トシたちより上の世代を見るかぎり、この海辺の田舎町から大学まで進学する者などほとんどいなかったのに、大学を、それも東京の大学を出ていた。次兄の中学の同級生のうちでただ一人の大学進学者であり、たとえばトシの二十一人いた同級生のなかで大学まで行った者は一人もいなかった。トシのいちばん上の兄は中学を卒業すると、父を手伝って海に出た。トシをパシリとして酷使しつづけている二番目の兄は、そこそこ勉強はできて日高誠と同じ県立の進学校に通ったが、成績は真ん中よりはるかに後ろだった。しかしトシの勉強のできなさはその兄の比ではなかった。定員割れを起こしていなければ地元の高校にも入れなかっただろう。ただ学校に行き、教師の理解できない言葉を聞きながら机につき（それでも、じっと座ることくらいならできた）、母の作ってくれた弁当を食べて、それから午後はずっと睡魔との敗北を運命づけられた戦いに身を投じた。帰宅する生徒たちが立てる机と椅子のガタガタという音に目覚めると、自転車を漕いで家ではなく、父と長兄がいる浜の会社事務所に行き、家業の手伝いをした。頭も要領も悪く、父と長兄には怒鳴られたが、網の修繕だけはうまい、おまえは手先だけは器用じゃ、とあるとき父に褒められた（しかし床のなかで妻の美鈴からそんなことを言われたことはなかったし、アリサの場合はもうひとつのリップサービスだったのだろう）。高校を出ると、そのまま父の会社で働き出した。いまでは副社長だが、それは単に父が会長で兄が社長だからに過ぎなかった。そんなトシにとって大学、それも東京の大学にまで行った日高誠が崇拝の的以外の何であったであろう。大学を卒業したあと東京のほうで就職したと聞いていた日高誠が、二十代の後半に郷里に戻ることを決意し、しかも県庁は選ばず、わざわざ地元の役場に就職したのだ。マコ兄の郷土愛にトシは心から敬服したが、会長や社長そして地域の大多数の意見は違うようだった。もちろんトシはおのれの考えを口にしたりするような馬鹿な真似はしなかった。とにかくマコ兄がこれからも近くにいると思うと嬉しかった。

その日高誠の様子が十年くらい前からおかしくなった。それ以前には一年に一度は上京していた。離婚した妻に引き取られて東京に暮らす二人の子供、娘と息子に会いに行っていた。何があったのか、それがぴたりとやんだ。酒を浴びるように飲み出し、役所も無断欠勤するようになっていた。日高誠がトシを海軍横町の飲み屋に誘うようになったのもその頃だ。実際、取り引き先の接待で、トシにはしょっちゅう海軍横町に行く機会があったが、空母や巡洋艦クラスの店にしか足を踏み入れたことはなかった。ひっそりと身をひそませ、酔客の欲望の振幅を監視している潜水艦や哨戒艇のような店の存在を教えてくれたのは日高誠だった。社用の場合は若い社員を運転手にできたし、タクシーも使えた。ところが日高誠と二人で行く場合は、当然どちらかがハンドルを握らなければならなかった。運転するのはもちろんトシの役目だった。酒が飲めないのだから女と寝るくらいしかできないではないか——そうトシは都合よく考えることにした。結婚してからそれまで妻以外の女と寝たことはなかったが、日高誠のおかげでリタやルイーズやアリサを知った。そのなかでいちばん親しく体を重ねるようになったのがアリサだった……。

役場の職員にしては日高誠の金遣いは荒かった。日高誠は親戚や友人に多大な借金をして、飲み代にあてていた。母親が死んだのは、その心労のためだった。少なくとも、その夫、つまり日高誠の父親の日高道男は、そう考えていた。息子の借金をすべて肩代わりしてやったが、妻の葬儀に息子が出席することは許さなかった。

峠を降りきったところに、スピード違反の取り締まりのパトカーが停まっているのが見えた。そばに立っている青い制服を着た高橋俊輔巡査と目が合った。町にはリアス式海岸が作る入り江ごとに集落があって、かつてはそうした浦のすべてと言わずとも大きな浦にはひとつ駐在所が設置されていた。市町村合併の前後にそうした駐在所のあらかたが閉鎖され、九州でいちばん面積の大きい市の、いちばん大きな部分を占めているこの地域に、いまでは高橋巡査一人しか警察官は常駐していなかった。

たしかに人口減少には歯止めがかからず、人の住む集落そのものが自然消滅した浦もいくつかあった。そうした場所に残された空き家を利用してガイジンが住み着いている。日高誠は眉をひそめてトシにくり返し言った。なのに役場の人間は見て見ぬふりじゃ。自分から依願退職したくせに、まるでガイジンの不法滞在の事実を指摘し続けたために自分が役場を辞めさせられたかのような口ぶりだった。警官がたった一人とはどういうことなのか、みんな何を考えているのか、そう日高誠は憂えた。トシの顔を、泥沼に正座させられたようなどろんとした目でにらみつけ、酒臭い息を吐いた。自警団を作らんといけん！

そのころにはもう日高誠は家からあまり出ることがなかったから、そのアイデアを兄の家に集まっていた面々にトシが伝えなければならなかった。そんな訳のわからないことは言いたくなかったけれど、絶対に言え、と日高誠に約束させられた。トシの一族に富をもたらした船の名にちなんで「寿永御殿」と呼ばれる、父が建て、いまは家の跡取りである長兄の家族が暮らす家の二十畳のダイニングに集まって酒を飲みながら大声で談笑している漁師連中に聞こえないように願いながら、トシは仕方なく小声で自警団の話題を出した。最近は何の話をしても日高誠の名を出した瞬間に、みな鼻で笑うか、よそを向いて無視をした。このときもそうなると思って油断していたら、父の船に昔から乗り込んでいた老漁師の吉田の光雄兄が、焼酎で真っ赤になった顔をトシに向け、馬鹿にしたように尋ねた。「自警団？　そりゃなんじゃ？」

　トシは答えに窮していた。日高誠の言葉をオウムのようにくり返しただけで、トシ自身はそれがどんなものなのか考えたこともなかったからだ。「浦を守るっちゅうことじゃ」とトシは言った。「何からじゃ？」と光雄兄がさらに訊いた。トシはやはり言いよどんだ。そう言われてみると、治安が悪くなったことを示す出来事は何も思い当たらなかった。浜に干してあったイカが盗まれるという事件があったが、それは地元の高校生の仕業だとすでに判明していた。「でもこれから起こるかもしれん」とトシは口ごもった。「おまえ、消防団じゃねえんど。武器はどうするんじゃ？」と光雄兄が畳みかけた。それから割り箸をトシに突きつけて、いきなり大声を上げた。ババババババッ！　光雄兄の十八番が始まった、とみなが笑った。トシも一緒に笑った。光雄兄の船はむかし隣国に拿捕《だほ》されたことがあった。酔うとそのときの武勇伝が始まる。威嚇射撃を受けたのだと光雄兄は得意げに吹いた。でも本当は、密漁していたところを隣国の沿岸警備隊に発見され、逃走中に威嚇射撃ではなく放水を受けただけの話だった。目の飛び出るような高額の保釈金を払ったのは、船主であったトシの父だった。以来、首藤の家に足を向けて寝られんとくり返す光雄兄は、週に三度は首藤の家にその足を運んできては、集まったみんなに混じってタダ酒を飲んだ。

さっきから助手席の携帯電話は鳴っていたのだが、スピード違反および酒気帯び運転取り締まり中の高橋巡査と目が合ってしまったので、さすがに出られなかった。あとで履歴を見ると妻の美鈴からだった。

「どこにおるん？」と電話に出た美鈴が言った。

「道の駅の横の信号のところ」とトシは答えた。「どうしたんか？」

「新聞社の人があんたに会いに来たで。話を聞きたいって」

「新聞社がおれに会いに来た？　なんて名前の記者か？」

「名前は忘れたけど、このあいだ、クジラが網にかかったときに来たのと同じ人よ」

「ああ、ウルヴァリンか」とトシは言った。

「ウルヴァリン？　そんな外人みたいな名前じゃなかったで」

「わかっちょる。そりゃ神河さんのリングネームじゃ」

神河弘樹という豊後新報の新聞記者とは初めて会ったときから意気投合した。新聞記者は大のプロレス好きだった。新聞社の名刺のほかに、大学のプロレス同好会時代からのリングネームを印刷した名刺まで持っていた――本職のものよりもずっと派手な多色刷りの光沢紙には、丸っこい文字で「ウルヴァリン神河」と印刷されてあった。

「神河さんはまだその辺におるか？　すぐに帰るから待つように言うてくれんか？」

「もうおらんよ」と妻が言った。「お義兄《にい》さんのところに行ったわ」

「兄貴のところに？」とトシは驚いた。「またなんで？」

「そんなことより」と妻が言った。「お見舞いはどうだったん？」

「ああ。それは家でゆっくり話すわい。ちょっと兄貴のところに寄ってみる」

「海斗のグローブは買ってきてくれた？」

「あ、忘れた！」

地元の中学の野球部に入っている次男はずっと長男の大地のお下がりのグラブを使っていた。それがボロボロになり、新しいのを買ってやることになった。「まち」のスポーツショップに注文して、数日前に届いたと連絡があった。お見舞いの帰りに取って来てほしいと妻に言われていた。急いで携帯を切った。


日高誠の家は鷹山海岸のすぐ近くにあった。家の庭を出て、二車線道路を渡ると、ハマユウの植わった花壇つきの高さ二メートルほどのコンクリート防潮堤があった。

その向こうに遠浅の海が広がっていた。家の二階からは海岸と太平洋が見渡せたが、日高誠が寝室のある二階に上がることはほとんどなかった。いまでは一階の居間で着の身着のままで暮らしていた。目が覚めれば焼酎を飲み、酔ってそのまま飯台に突っ伏すかごろんと横になるかして眠り、また目覚めれば上体を起こして、置きっぱなしのコップに焼酎を注ぎ、飲むのを再開する。庭の草は茂り放題で、長いあいだ使われていない乗用車のタイヤは緑の葉に埋もれ、海からの風で車体には錆が目立った。防潮堤沿いの道を通って自転車通学する中学生たちからこの家が「お化け屋敷」と呼ばれていると、次男の海斗が言っていたのをトシは思い出した。玄関に鍵はかかっておらず、ドアを開けると、閉め切った家に特有のカビくささと饐《す》えたような臭いがもわっと鼻を襲った。トシは来るたびに簡単に掃除をし、ゴミを袋に詰めて持って帰った。そのことに、いま腕枕をして、そばの倒れた一升瓶そっくりに、口を半開きにしてかすかにいびきをかいている日高誠が気づいているとは思えなかった。一升瓶や汁の残ったカップラーメンの容器をよけ、日高誠の頭をまたいで台所に行った。レンジの上にはアルミの鍋がひとつあった。二日前にトシが持って来たものだ。妻の美鈴が作り、トシに持たせたイワシの煮付けだった。鍋の蓋を開けた。少しは食べているようだった。流しには汚れた皿と箸が置かれてあった。

トシはショッピングモールで買ってきた焼酎瓶を二本、台所に置くと、居間に戻って、つけっぱなしのテレビを消した。

「消すな」と日高誠の声がした。

「なんじゃや、起きちょったんか」

「消すな」と日高誠がくり返した。

「見てもねえのに」とトシは言った。

「見ちょった」と日高誠は言いながら、肘をついて体を起こした。「見ちょったのに消すな」

ぶかぶかのステテコに白い肌着から、褐色のたるんだ肌をした痩せた手足が突き出していた。眼窩と頰は落ち窪んでいた。日高誠は目を開けてトシを見た。目が大きいので、充血した目玉が落ちてきそうだった。二年ほど前に胃癌の手術をしてから、もともと細いのがますます骨と皮だけになっていた。入院したその頃は日高誠にはまだ世話をしてくれる女がいた。あまり感じのいい女ではなかったので誰も病院に近づかなかった。トシもほとんど見舞いに行かなかった。日高誠は退院後しばらくして役所に退職届を出した。酒気帯び運転で何度か免停になり、無断欠勤の常習犯である日高誠を心から慰留するような奇特な人がいるはずもなかった。

同じ集落に日高誠の父の道男は暮らしていたが、絶縁状態は続いていた。五十になるかならないかで仕事を辞め、家に閉じこもって朝から晩まで酒ばかり飲んでいる息子のことを、「あんなやつは早く死んだほうが世のためじゃ」と老漁師が言っていることはトシも知っていた。日高誠のところに出入りしていた気の強い博多弁の女もまた、いつの間にか消えた。たぶん愛想をつかしたのだろう。こうして日高誠は一人になった。基本的には家にこもっていたが、ときどき酒や食い物を買いに出なくてはいけない。酒を飲んだまま車を運転していることが高橋巡査の耳に入る前に、トシは日高誠から鍵を取り上げた。トシが買い物を代わりにするようになった。これを使え、と日高誠はキャッシュカードと通帳をトシに渡した。日高誠は知らなかったが、その金にトシは手をつけていなかった。残高を見たらとてもそんな気にはなれなかった。電気に水道、携帯電話の通話料と生きている限り引き落としは続くのだ。それにもしかしたら、トシたちの知らないところに返さなければならない金があるかもしれない。妻の美鈴からは、酒を飲ませてはいけない、急にそうするのが無理なら少なくとも減らさなければならないときつく言われていたが、トシはこっそり酒を運んだ。酒の切れた日高誠が暴れるのが怖かったからではない。悲しかったからだ。酒くらいしか楽しみがねえんじゃ、頼む、買《こ》うてきてくりぃ、と懇願するマコ兄を見るのがつらかった。その黄色く濁り充血した目は、このまま死なせてくりぃ、とトシに訴えていた。

「マコ兄」とトシは、テレビを向いて横向きに寝た日高誠の背中に向けて言った。
「新聞記者が来ちょるらしいが、またマコ兄が呼んだんな?」

返事はなかった。

「マコ兄が呼んだんじゃろ? 今度はなんな? ガイジンのことな?」

日高誠は再びいびきをかいていた。

前の晩はずっと一緒だった。日高誠のほうから電話をかけてきた。トシは食事を終えて居間で野球のテレビ中継を見ていた。電話を切ってから、部屋着をジーンズに穿き替える夫に美鈴が訊いた。

「どこに行くんな?」

「マコ兄からの電話じゃから」とトシは答えた。

「パトロールな……」と言って、妻は仕方ないというようにため息をついた。

以前は、日高誠の電話があると妻は露骨にいやな顔をした。日高誠が夫を運転手がわりにして「まち」に飲みに行っているのを知っていたからだ。トシが日高誠にたかられているのもいやだったが、気の弱い夫が誘惑に負けて飲酒をしてしまうのを何よりも怖れていたのだ。しかし日高誠と飲みに行くときにはトシは一滴も酒を飲まなかった。酒の誘惑には屈しなかったが、別の誘惑には勝てなかった。酒を飲んでしまったからマコ兄と車でひと眠りして帰ったと嘘をついた。そしてアリサと体を重ねた。日高誠ほど一緒に行動して安心できる男はいなかった。酔っぱらって自分の行動すら覚えていないのだ。口からデタラメなことばかり言うと評判になっていたから、何を言っても信じてもらえない。小さな山を越えたところにある無人集落にガイジンが住み着いている。そんな世迷い言に耳を傾けてくれる人はいなかった。パトロールに行くぞ、と声をかけられて、それにつきあうお人好し――馬鹿、とトシの兄は言った――は、このあたりにはもうトシくらいしかいなかった。

もちろん運転するのはトシだ。パトロールといっても日高誠自身は特に何をするのでもなく、助手席に座っているだけだった。月夜だった。人のいなくなった隣の集落に車を走らせた。月明かりに沈む廃墟は不気味だが美しかった。人が残していった空虚はちっぽけなもので、虫とカエルの鳴き声はそれをすでに満たし、溢れ出ていた。道の端も空き家の庭も丈の高い草に覆われていた。草にすっぽりと隠れた、錆びた道路標識は妖怪とか宇宙人を思わせた。畑だったところは野原と化していた。草の葉が月の光を反射させて銀色に輝いていた。道の脇から突然、鹿がぬっと現われた。角はなかった。トシが車を徐行させていたからか、鹿は逃げようとしなかった。クラクションを鳴らした。隈無く廃墟を覆い尽くす月の光に反響したかのように音が激しく鳴り響いた。その弾みで一瞬、協働して鳴いていた虫とカエルの声が途切れた。それらの声で満たされていた空虚がひっくり返され、世界の肉をえぐり取ったような生々しい静寂が一瞬だけ現われた。そこから流された血なのか月明かりなのか、濡れたような怪しい光を放つ道を鹿は悠然と渡り、反対側の茂みに呑み込まれた。

トシは助手席を見た。日高誠は寝ていないようだった。下ろした窓の外に顔を向けていた。実の兄よりも兄と慕った男にトシは教え諭すように言った。

「の、マコ兄、ガイジンなんかおらんのじゃ」

しかし日高誠は返事をしなかった。都合が悪いと返事をしない。小さな時分から親と兄たちの怒りのはけ口にされ殴られてきたトシには、どのような種類の沈黙が急に水が沸騰するように暴力に変わるのか本能的にわかった。そして日高誠の沈黙は間違いなくそのようなものだった。こんなんだから妻に愛想をつかされたのだ。そして娘と息子に会わせてもらえなくなったのだ。そしてこのままだと決して子供たちには会わせてもらえないだろう。娘のほうは、さすがにおなご同士でおかあにべったりで仕方がねえが、息子は会いたがっている、会いたがっているのに、あいつらが会わせようとせん、邪魔をする。泥酔するといつも日高誠は別れた妻とその家族に対するうらみつらみを吐いた。手先の器用さしか取り柄のないトシだったが直感的にわかった。離婚した妻とその家族の意思よりも、きっと息子自身が会いたくないのだ。自業自得じゃぞ、マコ兄――しかしトシは黙っていた。日高誠が激昂するのを見たくなかったから、殴られるのが怖かったからではない。こんなにも虫やカエルが鳴きわめいているのに、そしてこのやかましいが力強い命の律動を刻む音楽が月明かりに照らされた世界に満ちあふれているのに、トシの隣に座る、こんな痩せ細り貧弱な空虚すら満たすことができないからだ。

「の、マコ兄」とトシは念を押すように言った。

「おる」と空虚が鳴った。胸を刺されるような、哀れで、悲しい音だった。トシはため息をついた。

「どこにな？」

空虚がもう一度震えた。

「おる」

おらん！　そう小声で吐き捨てるとトシはアクセルを強く踏んで、車を急発進させた。この集落にガイジンなんてどこにもおらん。マコ兄、あれはたしかに外国から来た人じゃ、とトシは思った。声に出してつぶやいていたかもしれないが、エンジンの音とやかましい生き物たちの声にかき消されるだろう。翌朝、眠い目をこすりながら、大分市の大学病院に見舞いに行くため家を出たトシが、浦のバス停にいるところを目に留めて、「まち」まで、ショッピングモールまで乗せてやることになるのは、決して日高誠が言うようなガイジンではなくて、矢野リンメイという二十代の女性だった。二つ岬をまわった向こうにある尾護《おご》浦で花卉《かき》栽培を営む木村達夫と靖子夫婦の家で、中国からの外国人実習生として働いているうちに、チョウ・リンメイは木村夫妻の甥で地元の上田建設に勤めていた矢野翔太に見初められて、翔太の妻となったのだ。ところが結婚して間もなく、上田建設が倒産した。地元には働き口がなく、翔太は出稼ぎに出なければならなくなった。そのころリンメイの妊娠がわかった。子を身ごもったばかりじゃのに、かわいそうに。その悲話はこのあたりの人間なら誰もが知っていた。百歩譲って、リンメイはガイジンかもしれないが、無人となった集落にどこからともなくやって来て空き家を不法占拠して暮らしていると日高誠が執拗にくり返すガイジンたち――じゃから、そげなガイジンがどこにおるんか、マコ兄?――の一人ではなかった。

無人の集落をあとにして、緑の葉とその隙間に絡みついた闇で重くなった木の枝が打ちかかってくるつづら折りの道を抜け、海岸沿いの道に出ると、トシは車を停めた。月明かりの砂浜に人の姿が見えた。ダッシュボードの時計を見ると、午前一時に近かった。こんな時間に浜に出るのは、愛し合う恋人たちくらいだろう。ウミガメが産卵に来る美しい砂浜として有名な海岸だった。ロマンチックな夜を過ごしによそから恋人たちが訪れたのかもしれない。

しかしよく見ると全員男だった。恰好からして若者のようだった。三人いた。一人は砂浜に大の字になって寝転がり、一人は両足を前に投げ出して座ったまま暗い海を見ていた。一人だけが立って海のほうにゆっくりと歩いていた。その若者の足下で何かが動いていた。月から落ちてくる光を浴びて甲羅の曲線が輝いていた。

「ウミガメじゃ」とトシは声を漏らした。そして助手席の日高誠を見た。声が大きくなっていた。「マコ兄、ウミガメじゃ！」

ウミガメの産卵が地方局のローカルニュースに取り上げられてからは一時期、宿泊客からウミガメのことばかり訊かれたと民宿ヤマトの長瀬勝は言っていた。ウミガメは地面をひれで掻きながら海に向かっていた。ウミガメは無事に産卵を終えたのだろうか。三人はウミガメの産卵を目撃できたのだろうか。

「マコ兄、ウミガメじゃ！」

しかし日高誠は反応しなかった。浜と反対側にある海の家の駐車場を見ていた。

「マコ兄！」

日高誠の子供たちが小さなころ、何度か父親の実家で夏を過ごしたことがあった。日高誠にそっくりの顔をした利発そうな女の子と、たぶん母親のほうに似た顔の大人しい男の子。日高誠に連れられてトシの家に何度か遊びに来た。女の子のほうはトシの連れ子の娘たちとすぐに仲良くなった。男の子のほうは動物好きで、「まち」の本屋で図鑑を買ってやったと日高誠が言っていたので、トシは兄の晴寿の家にその子を連れて行った。兄の家では烏骨鶏《うこっけい》や錦鶏《きんけい》、そして孔雀を飼っていた。都会の子には珍しくてきっと喜ぶだろうと思ったのだ。ところが、庭に放し飼いにされていた大きな軍鶏《しゃも》にひどく怯え、彼よりも少し年下のトシの子供たちと兄の家の長男が、それほど背丈の変わらない軍鶏のそばを平気で駆け抜け、鶏小屋のなかに入って烏骨鶏の卵を取るのとは対照的に、錦鶏や孔雀を入れた小屋――兄に言われてトシが作ったものだった――に近づこうとしなかった。小さな橋のかかった庭の池のそばにしゃがみ込み、水に映ってさらにたわんだ泣きそうな顔を、餌がもらえると思って集まって来た大きな錦鯉にぱくぱく崩され飲み込まれていた。その男の子をウミガメの産卵を見せに浜に連れて行ったと日高誠は言っていた。トシ自身も何度か自分の子供たちと一緒に産卵の場面を見たことがある。ふ化した小さな子亀たちが波に向かう姿を見たこともある。日高誠が息子に産卵を見せられたのかどうか聞いていなかったことをトシは思い出した。波の音が耳についた。浜に懐中電灯の光を向けると、砕ける波が白く踊り、崩れていた。母亀の姿はそのなかに吸い込まれ、すでに消えていた。月の流す涙のような光に濡れながら、ウミガメのあとを追いかけていた若者が波打ち際から二人の仲間のところに砂浜を戻っていくのが見えた。

次の日は朝から出かけるので、本当は早く家に戻って寝たかった。しかし結局、「パトロール」なるものを終えて日高誠を家まで送ったのは午前二時過ぎだった。トシは朝六時には家を出た。そしてバス停のところで矢野リンメイに会い、車に乗せてやった。リンメイのことを無人集落に暮らす「ガイジン」の一人だと日高誠は執拗に言い続けていた。もしもガイジンを見かけたら通報すると言っていた。実際に何度か警察にも電話をかけていた。なんとかならんかな、社長、と高橋巡査がトシの兄のところに困惑して相談に来たこともある。警察が動かないと知った日高誠は新聞社に電話をかけた。トシは妻の言葉が気になった。豊後新報のウルヴァリン神河が来ているというのだ。まさか日高誠の言葉を真に受けて取材に来たわけではないだろう。だが日高誠が通報するのは、不法滞在ガイジンのことだけではなかった。今回もまた、日高誠が電話で何かを言い、そこに読者の目を惹きそうなネタをウルヴァリンが嗅ぎつけたのかもしれない。

トシが働く寿永水産の定置網にクジラの親子がかかったことを、豊後新報に知らせたのは日高誠だった。そしてニュースの出所は、それを浜から電話して日高誠に教えたのは、トシだった。そのあと起こったちょっとした騒動のために、寿永水産の社長である兄の晴寿からトシは激しく叱責されることになった。しかし正直言うと、それはトシのせいではなかった。誰が悪いのかと犯人探しをすれば、間違いなく悪いのはウルヴァリン神河だった。

引き揚げられたその二頭のクジラが親子だったのかどうか、実際のところはわからない。ただ種類が同じで大きさがずいぶんちがっていたので、親子に間違いないと漁師たちは判断した。一方は八メートルくらいあり、他方は三メートルくらいだろうか。クジラが定置網にかかるのはそれほど珍しいことではなかった。しかし親子クジラが二頭かかったことはこれまでになかった。大きいほうの体は数多くの傷で覆われていた。

それを見て、吉田の光雄兄が感心したように声を漏らした。

「先に子供が網にかかったんじゃ。わが子を救い出そうとしてオカアが網に突っ込んで、暴れたんじゃの」

そこにいた漁師たちのなかにクジラの性別がわかる者はいなかったが、トシも含めてみな光雄兄の言葉に心を打たれ深く頷いた。

「クジラっちゅうんは賢いからのお」

「情も深《ふけ》ぇんじゃのお……」

「人間とちごうて、子を見捨てたりはせん。命がけで子を守るんじゃ」

そう言いながら、光雄兄は手で宙を掻きながらもがいた。定置網から必死で抜け出そうとするクジラの母になりきっているようだった。光雄兄の形態模写はともかく、その言葉がトシの胸に響いた。気づけば、ポケットから携帯を出して日高誠に電話をかけていた。

それが昼頃、ちょうどクジラを解体して、寿永水産の浜でクジラ鍋を食べているときに、会社事務所の前の道路脇に見たことのない車が停まった。バタンとドアが勢いよく鳴って、縦縞の細身のスーツに身を包んだ、オールバックのやたら姿勢のいい男が現われた。車から降りてくるときの動き、そして、やあっ！と浜で鍋を囲む漁師たちに手を挙げる仕草に、トシは既視感を覚えた。そして男が逆光でもないのにメタルフレームの奥の目を細め、腕を組んで顎に添えていた片手の親指と人差し指をそのまま、ピストルでも突きつけるように、もうもうと湯気を上げる鍋に向けて、「すでにメインイベントでしたか」と低い声で言い放ったとき、車を降りながらこの男はロープをくぐってリングに上がり、挨拶をしながらチョップをする動きをしていたのだと気づいた。

「あんた誰な？」と吉田の光雄兄が訊いた。

「豊後新報の神河っちゅうもんです」

男はなぜか半身になって腕を組むと、ぐっと背筋を伸ばし首だけを正面に向けて答えた。

「新聞記者っちゅうんは地獄耳じゃのお」と光雄兄が驚きの声を上げた。

記者は光雄兄のそばに座っていたトシの兄など漁師の重鎮たちに名刺を配って挨拶をした。光雄兄がトシを引っぱって記者に紹介した。

「こいつが副社長の寿哉じゃ」

「初めまして」と記者はすっと――しかしいつでも引き戻せるような構えで――手を伸ばし、トシの手を軽く握った。「申し訳ない。名刺が切れてしまいました」

「いいが、いいが。おれも持ってねえから」とトシは言った。「兄貴が貰《もろ》うておれば十分じゃ。おれは名ばかり副社長じゃから」

「いやいやいやいや。もしよければ、こちらの名刺を」と言って、記者はカラフルな名刺をさっと差し出した。「情報は基本的に同じですから」

そこに「豊後プロレス協会会長・ウルヴァリン神河」と記されてあったのだ。

「ウルヴァリン？　あれか、アメリカの映画で手から刃物が何本も出てくるやつじゃろうが。反則技じゃ。ちゅうことはあんたはヒールか。凶器攻撃じゃの？」

「ヒールですか？　いかにもいかにも。まあそうかもしれません」と腕を組んで肩をいからせたウルヴァリン神河は答えた。「ウルヴァリンっちゅうのは、外国に住む小さいが獰猛な動物ですわ」

「ちゅうと、あんたの得意技は、さしずめ嚙みつき攻撃か」とトシが言った。

わっはははははは、とウルヴァリンは下腹から笑い声を響かせた。

「わたしはどっちかっちゅうと関節技が得意です。このリングネームは、あくまでもジャーナリスト魂のマニフェストですわ。食いついたらはなさん！　はうっ！」と吠えると、ウルヴァリンはいきなりトシにスリーパーホールドをかける真似をした。

トシは大笑いした。

「あんた、おもしりい人じゃのお……」

食いついたらはなさん、というジャーナリスト魂はどこへやら、結局、ウルヴァリンは取材らしいことを何もしなかった。いや、ちがう。たしかに言葉通り食いついたのだ——浜に集った人々と一緒にクジラ料理を味わったあと、今度はトシの兄の家の大広間で宴会となり、さらにせっかく大分市から来たのだからと漁師の妻たちが振る舞う郷土料理をたらふく食べながら焼酎を飲んで、べろんべろんに酔っぱらった。

「もう腹いっぱい、食べられん。リングアウト負けですわ」と声を上げ、どさりとトシの横に倒れた。結局、そのまま一晩眠り、翌朝も兄の家で朝飯を食べ、兄夫婦からアジとカマスの干物にハマチの切り身など山ほど土産を持たされて大分市に帰っていった。

トシの家も兄の家と同様に豊後新報を購読していた。さすがに翌朝の新聞は無理だと思っていたが、二日経っても記事は出なかった。兄の晴寿の家に集まった漁師連中は、さんざん飲み食いさせ土産まで持たせた晴寿のお人好しぶりを肴に酒を飲んだ。あれは詐欺師、偽新聞記者じゃったんじゃろお、うまいこと騙されたわい。

正真正銘のヒールじゃ、とトシは思ったが、黙っていた。

ところが三日目の朝に記事が出た。しかし「定置網にクジラの母子」という見出しと、クジラはすでに死んでいた事実を告げたところまではよかったが、そのあとがまずかった。漁師たちがみんなでクジラに舌鼓を打ったと書かれていたのだ。車座になって汁をすする写真まであった。それらはみな事実であり、記事を読みながら、まこと、まこと、うまかった、とトシたちは満足げに頷いていたが、その日は朝から、反捕鯨団体や動物愛護団体から、定置網の所有者である寿永水産に抗議の電話がじゃんじゃんかかってきた。いっきに会社と地域の評判が悪くなってしまった。誰があんな奴を呼んだんじゃと犯人探しが始まった。真実を告げるわけにはいかず、「おれじゃ」とトシが名乗りを挙げるしかなかった。

「われが余計なことをするからじゃ！」

トシはいい年をして兄から久しぶりに頭ごなしに怒鳴られ、頭を拳で殴られた。しかし兄も殴るのは久しぶりだったようで、右手にしていたロレックスが当たり、トシの額が切れた。足下にぽたぽたと血のしずくが垂れた。兄の理不尽さには免疫がついていた。昔から兄には逆らえなかったので喧嘩にはならなかった。

寿永御殿にトシは立ち寄った。しかし家の前の道にも駐車スペースにもウルヴァリンの車はなかった。玉砂利を踏みならして大きな松の横を通った。玄関には鍵がかかっていなかった。重たい引き戸を開けた。玄関の靴箱の上には、翼を広げた鷲の剝製が飾ってあって、死んでいるとわかっていても、自分を見つめている目がガラスだとわかっていても、いまは台座の木をつかんでいるかぎ爪でつかまれ、鋭いくちばしで目玉をえぐられそうだった。

「よおーい」と声をかけた。「よおーい」

するとと、ぱたぱたと長い廊下を踏む音がした。兄の晴寿の長男の秀寿《ひでとし》だった。

「あ、トシヤおいちゃん」

秀寿は高校三年生だった。父親も母親も小柄だったが、身長はゆうに一八〇センチを超え、県南の進学校のラグビー部でフランカーをやっていた。短パンにTシャツ姿で、首にタオルをまき、髪の毛が濡れていた。父に似ず（とトシは思っていた）、優しい性格だった。昔からトシになつき、トシの四人の子供たちとも仲がよかった。成績がよく、このままだと指定校推薦で慶應大学に行けるとトシには嬉しそうに言っていた。トシの家に来て、テレビでラグビーの早慶戦を見るときには、決まって早稲田を応援するのに、どうして慶應に行きたいのかトシにはよくわからなかった。しかし甥が家業を継ぐ気がないことは知っていた。甥はもっと安定した職業につきたいらしく、何かといえば勉強はすかんと言う野球に夢中の従弟たち、つまりトシの一人の息子に、高校を出たら寿永水産に入ればいいとしきりに薦めていた。トシは甥の気持ちについては胸にとどめたまま口外しなかったが、兄の晴寿は薄々感づいていたようで、初め三代目が慶應出になるかもしれないという見通しにまんざらでもなかったのが、最近では漁師に学歴はいらんなどと言い出し、ひとり息子をしきりに翻意させようとしていた。「かりに有名大学じゃろうが、漁師が東京の大学なんど行ってもろくなことはねえ。日高誠のようになる！」

これが自分の兄かと思うと情けなかったし、こんな父親を持つ甥の秀寿がかわいそうだった。しかし網の修繕以外には何の取り柄もないトシが、人並み以上の家を持ち、人並み以上の生活ができるのは、すべてこの兄のおかげ、この兄の弟だったからなのだ。兄に対しては何も言えなかった。それがわかっているのか、甥は父との関係がこじれたあとでも、無力な叔父に対して変わらぬ態度で接してくれた。それが申し訳なかった。

「ヒデ坊、兄貴は……お父さんはおるか？」

「おらんようにあるな。おれもいまランニングから帰って、シャワーを浴びてきたところ」

そう言いながら、甥はタオルで髪をごしごしと拭いた。盛り上がった上腕の筋肉がもこもこと生き物のように動いた。たくましい体だった。それでも甥は自分の顎くらいまでしか背のない父親をひどく怖がっていた。小学生のころは、毎日トシの家に遊びに来てはトシの息子たちとプレイステーションをやっていた。家から電話がかかってきてもなかなか帰ろうとせず、トシの家で晩飯を一緒に食べた。歩いても十分もからない距離だったけれど、母親が車で迎えにくるまで、トシの家で宿題をやり、トシの家族に混じってテレビを見た。トシの息子たちはリモコンの奪い合いとかソファで座る位置とか実につまらないことで喧嘩をし、必ず誰かが泣きわめいた。妻の美鈴が注意したが、トシ自身はよほどのことでもない限り何も言わなかった。トシの娘たちや息子たちを羨ましそうに見ながら、甥はよく漏らした。

「おれもおいちゃんの家がよかったなあ……」

トシは兄の晴寿がすぐに息子に手を上げるのを知っていた。それはトシ自身が身をもって経験したことでもあった。トシをいちばん殴ったのは、すぐ上の次兄だったが、この長兄もまた怒ると実に恐ろしかった。いまだに無意識のうちに機嫌を損ねないように顔色を窺っている自分にトシは気づいていた。殴られるのがいやだったからトシは自分の子供に決して手を上げなかった。ところが長男として、トシたちの父からいちばん期待され、その分いちばん父の暴力を受けて育った兄が、どうしてそのたった一人しかいない子供を叱るときに、手を、ときには足まで出すのか、トシにはまったく理解できなかった。何度か兄を遠回しに諫めようとしたが、そのたびに一蹴された。

「だからおまえはつまらんのじゃ。たいしたことができんのじゃ」

そこですぐに引き下がるのがトシだった。

おいちゃんがお父さんに言うてやるから心配するな――どうして可愛い甥にそう言ってやることができないのか。代わりにトシは甥と二人きりになると何気なさを装って言った。

「おいちゃんがこうして結構な生活がでくるんは、全部、ヒデ坊のお父さんのおかげじゃ」

そんなことしか言えなかった。

「おいちゃんのようなつまらん人間になったらいけんど」

自分が通ってきたのと同じ、つらくいやな経験をして苦しんでいる子供にそんなことしか言えない人間だった。

「どこまで走ってきたんか？」

「窪浦まで」

「そりゃいい運動じゃ」

窪浦は前の晩トシが日高誠とパトロールをした、小さな入り江に面した無人の集落だった。そこに行くには小さな峠をひとつ越えなくてはいけない。傾斜のきついカーブが続く道だ。

「見たことのねえ人らがおった」と甥が言った。

トシは我に返った。

「見たことのねえ人？　ガイジンか？」とトシは思わず訊いた。

「ガイジン？」

「いや、いや、なんでもねえ」と、甥の顔に浮かんだ怪訝《けげん》そうな表情に気づいて、トシは言い直した。「見たことがねえ人？」

「大学生みたいな感じじゃったけど、三人おった。でもいまの時期、大学って休みじゃねえよな……？」

「若《わけ》え衆《し》が三人……」とトシはつぶやいた。「何をしよるんじゃろうか、あんな誰もおらんところで？　ヒデ坊、喋ったんか？」

「いいや」と甥は首を傾げた。「走りながら上の道から見ただけじゃから、ようわからんかった。草むらのなかに停めた車のそばに三人で突っ立っておった」

「ちょっと見てくるかの」

トシは甥にいとまを告げると、再び車に乗った。


海岸沿いの道を走っていると、防潮堤が終わるあたりの道路脇の空き地に見覚えのある車があったので、そばに車を停めた。その車の後部ウインドウには、相撲の番付表の字体で記された「ＢＰＡ」のステッカーが貼ってあった。「豊後プロレス協会」の略称だった。波止場を見ると、朝の漁を終えて帰港した漁師たちが七輪を囲んで錆びたパイプ椅子に腰かけ、コップを片手に談笑していた。そこに一人だけスーツ姿の後ろ姿があった。吉田の光雄兄が一升瓶に入った焼酎をその男が手にしたグラスに注いでいた。

「ウルヴァリン！」

その声に男はがばっと立ち上がり、まるで空手チョップの不意打ちを食らったかのように、体を後ろにのけぞらせながら振り向いた。

「おおーっ！　首藤副社長！　お邪魔しちょります！」

回らないろれつを言葉の勢いで必死に押さえ込んでいるような口調だった。完全に出来上がっていて、簡単にフォールを決められてしまいそうだった。バランスを崩して、パイプ椅子の背もたれを片手でつかんだ。オールバックの髪から幾筋か額に垂れかかり、目は完全に据わり、すごむような顔つきだけ見ていると、そのまま椅子を振り回して場外乱闘で無効試合に持ち込もうとしているかのようだった。

「おお、トシ」と吉田の光雄兄が焼酎瓶を掲げながら言った。「おまえも一杯やっていかんか?」

「おれはいいわ、光雄兄。車じゃから」とトシは答えた。それからウルヴァリンに尋ねた。なぜか口のなかが乾いて感じられた。「きょうはどうしたんかな? なんの取材じゃろうか?」

ガイジン。

トシは耳を疑った。しかし、ウルヴァリンはすでに椅子にへたり込み、頭をがくりと垂れていた。新聞記者の首はレスラーを自称しているわりには細く弱々しかった。その首が突然ひょいと持ち上がった。ウルヴァリンは手を胸ポケットに突っ込むと携帯を取り出した。耳に携帯を当てたまま、ひとしきり頷いたあと、ウルヴァリンは立ち上がった。歩き出そうとしたが、バックドロップか風車投げでもくらった直後のように足がもつれた。トシは駆け寄ってその体を支えた。車座になった男たちが声を出さずに笑った。

「すんません」とトシの耳元に熱い吐息がかかった。「急いで大分に戻らんといけん用事ができてしもうた」

「あんた、こんなに酔うて車なんぞに乗られんど」とトシは言った。「ちょいと休んで酔いをさまさんと」

「まこと、まこと」と吉田の光雄兄が言い、ほろ酔い加減の漁師たちもそうだと頷いた。

「こげえ飲ましたらいけんが」とトシは言った。男たちは何も答えずに焼酎をすすった。

トシはグロッキー状態のウルヴァリンを椅子に座らせた。

すいませーん。

また声がした。トシはいったい何事かと振り返った。今度は声の持ち主はそこにいた。峠道へと続く公民館脇の道に、若者が三人立っていた。そのうちの誰かの声だ。前の日の夜、浜で見かけた若者たちだった。そしておそらく無人の窪浦にいるところを甥の秀寿が目撃したのもまた、この三人に間違いないだろう。かなり疲れている様子だった。髪は乱れ、Tシャツの脇や胸のところが汗で濡れていた。ぽりぽりとしきりに腕や首筋を掻いていた。顔もまた虫に食われ、一人などはまぶたが赤く腫れ上がっていた。徒歩で峠を越えてきたようだった。

「おー、お前らか。どうしたんじゃや?」と吉田の光雄兄が親しげな口調で話しかけた。

「光雄兄、知っちょるんか?」とトシは少し驚いて訊いた。

「東京から来た大学生じゃや。観光に来たんじゃと。きのう波止場に来たからちょいと喋ったんじゃや。このあいだのクジラの記事も読んだらしいど」と言うと、光雄兄はウルヴァリンのほうを見た。「あんたが書いたあの記事じゃや。東京の衆にも読まれておるんじゃのお、たいしたもんじゃや」

ウルヴァリンはがばりと頭を持ち上げると、人差し指を立てて見えない敵に突きつけた。

「おれらは全国紙の嚙ませ犬じゃやねえ!」

そう吠えたかと思うと、がくりと頭を垂れて意識を失った。

「すいません」と若者の一人が吉田の光雄兄に話しかけた。背は高いが肩幅も腰幅も狭く、ひどく貧弱そうに見えた。長い髪がうっとうしく顔に垂れかかっていた。自分の息子たちも大学生になったらこんなふうになるのかと思うと、トシは嫌悪感を覚えた。どこかで見たことのあるような顔だった。

「どうしたんか？」

「おれ……僕、どうしても急いで東京に戻らなくちゃいけないんです。電話がかかってきて」と言いながら、若者は携帯を握った手を顔の前に持ち上げた。「でも、あの、レンタカーでここまで来たんですけど、動かなくなっちゃって……」

「故障か？」と光雄兄が訊いた。

「草むらに突っ込んじゃって、なんか溝みたいなところにタイヤがはまって車を出せなくなっちゃったんです」

そう言うと若者は振り返った。仲間の二人がやはり困った表情をして、同時に頷いた。

「あんたとどこかで会《お》うたことはねえか？」

その問いかけには返事をせず、若者は訴えるように言った。「僕、どうしても東京に戻らないといけないんで、本当に申し訳ないんですが、誰かに佐伯の駅まで送ってもらえたらありがたいんですけど」

「さっきバス停の時刻表見たら、次のバスが来るまで一時間半くらい待たないといけないんで……。それで携帯で調べたら、いまから車で行けば、たぶん次の特急電車に間に合うみたいだから」と、小柄だがやはり線の細い別の若者が言った。一人だけ髪を染めていない黒髪のもう一人の若者が他の二人の言葉を応援するように深く頷いた。

「ほーっ、便利じゃの。それで時刻が調べられるんか」と光雄兄が感心して言った。

「じゃが、どうしてそげえ急いで帰らんといけんごとになったんじゃ?」

「あの、僕のおふくろがいま入院しているんですけど、急に具合が悪くなったって、さっき電話があって……」

「よーねんか?」とトシが訊いた。喉が締めつけられてうまく声にならなかった。

「え?」

「悪いのか?」とトシは訊き直した。

「はい」と若者は頷いた。目元が明らかに不安と焦燥で焼けていた。「大丈夫だって言ってたのに……」

「そら、すぐにおかあのところに帰っちゃらんと! おまえ、電車なんど悠長なことを言うておる場合じゃねえど」と光雄兄が言った。「飛行機で行け、飛行機で。トシ、空港まで連れていっちゃれ」

「でも、あの、飛行機代がないんで……」と若者が困惑した声で言った。

「新幹線に乗ってもそんなにかわんねえよ」と小柄な若者が横から口を挿《はさ》んだ。「せっかくそう言ってもらってんだから空港まで乗せてもらえよ」

「心配すんな。飛行機代くらい貸してやる」とトシは言っていた。「あとで返してくれたらいい。乗っていけ」

「まこと、まこと」と光雄兄が言い、車座になって焼酎をすする日に焼けた漁師たちがそれぞれ頷いた。

「どうせ大分市を抜けていくんじゃから、こいつも連れていってやれ」。座ったまま眠りこけるウルヴァリンの肩に手をかけて、光雄兄が言った。もちろん冗談だった。ウルヴァリンはぶつぶつと口を動かしていた。「ネバーギブアップ」と言っているようだった。トシは首を振った。「またリングアウト負けじゃ」

　ウルヴァリンに対して言ったのか、日高誠に対して言ったのか、トシには自分でもよくわからなかった。車座になった男たちは思い詰めたようにもかすかに微笑《ほほえ》んでいるようにも見える顔つきに戻り、押し黙ったまま、それぞれが自らの心のなかを覗き込むように焼酎をすすっていた。苦悶のなかに安堵の色がかすかに浮かんだ若者に手招きをすると、トシは車のほうに歩き出した。

その日の朝、ガイジン、つまり矢野リンメイを乗せてやった停留所にバスが停まっているのが見えた。もともと観光バスとして使われていた車両を路線バスとして再利用したものなので定員は多い。だからそれだけに車内の乗客の少なさが、物寂しさが、ひどく目についた。停車しているということは、乗る者か降りる者がいるということだ。すれ違いざまに目を凝らしたが、よく見えなかった。

「バスから降りてきたなかに若《わけ》えおなごはおったか？　腹のふちいおなごじゃ」

助手席でふくらはぎや二の腕をしきりに掻いている若者に、トシは尋ねた。

「見てなかったんで……」

なぜそんなことを訊かれるのかわからないにしても、若者はトシの言葉は理解できるようだった。連れの二人の若者が、トシや漁師たちのきつい訛《なまり》の方言に目を白黒させていたのとは対照的だった。言葉の響きに敏感な耳を持った人がいる。「まち」の飲み屋で働くアリサも矢野リンメイもそういう感度のよい耳の持ち主だった（アリサはほかのところも感度がよかった）。買い物袋をぶら下げ、重たい腹を抱えた矢野リンメイがバスのステップを降りてくるところを想像した。その腹から出てくる子は、いまトシの長女の真緒の腹のなかにいる子と同級生になる。生まれてくる二人が仲良くなってくれるといい。トシは心からそう思った。トシがその日の朝から大分の大学病院に見舞いに行った伽《とぎ》、つまり友達とは、保育園から高校を卒業するまでずっと一緒だった。しかし仲が良かったと言えるのだろうか。伽は動作が鈍く、何をやらせても不器用で、勉強もできなかった。いじめているつもりはなかったが、自分が兄たちにされていたことをその伽に対してしなかったと言えば、トシは嘘をつくことになる。ただトシとちがって、伽は抵抗しようとはしなかった。何でも言われたとおりにした。だから「知恵が足りん」とみんなで馬鹿にした。一度、トシは伽に対して「グラウンドを千周しろ！」と命令した。「千周走り終わるまで帰ったらいけん！」とトシは偉そうに言い放った。次兄でさえトシにそんなめちゃくちゃな罰を与えたことはなかった——かりにそんな命令をされても、かりに殴られて泣かされてもトシは従わなかっただろうし、従うふりをして気まぐれな兄の怒りが収まったころあいを見計らって走るのをやめるだろう。そもそも伽が罰を与えられるようなことをトシに対して、いや誰かに対して、しただろうか。しかし伽は言われたとおりに、トシたちが遊んでいるそばで小学校のグラウンドを走り始めた。足が悪いのか、まっすぐ走れなかった。よたよたと足下のおぼつかない、みっともない走り方。トシたちが家に帰るときにもまだ走っていた。トシは何も言わなかった。トシの姿が見えなくなれば走りやめて家に帰るだろう。トシ自身はまっすぐ家に帰らず、さらに波止場で遊んだ。家にいれば父や兄たちに怒られるに決まっているから。テトラポッドの上を歩きながら、想像のなかででこぼこの難路を進む探検家になるなど、一人でもいくらでも遊べた。日が暮れて波止場の街灯が点灯した。家に帰ろうとすると日高誠が自転車に乗って現われた。中学校の野球部のユニフォーム姿だった。部活を終えて帰るところで、波止場で遊ぶトシに気づいたのだ。日高誠の自転車のうしろに乗せてもらった。小学校のそばを通りかかったとき、日高誠が自転車を停めた。日高誠の視線の先には、夕闇の迫るグラウンドを走る——いや、疲れきって走れず、歩いていた——伽がいた。日高誠は自転車から降りると伽のところに駆けていった。トシもあとをついて行くしかなかった。「どげえしたんか?」と日高誠は伽に訊いたが、伽は足を止めずにとぼとぼと歩き続けた。「どげえしたんか?」

伽はぶつぶつと口を動かしていた。「二三一、二三一、二三一」と言っていた。「何をしよるんか?」と日高誠が伽と一緒に歩きながらさらに訊いた。「千周、走らんといけけん」と伽は言った。日高誠はぴんと来たようだった。「千周? 千周も走れって? 誰にそげなことを言われたんか?」

口調から日高誠がひどく憤慨していることはわかった。トシは気まずかった。心臓がどきどきした。伽を呪った。死ぬまで走っていろと思った。しかし伽は日高誠の問いに答えなかった。おそらくスタート地点に戻り、新しい周に入ったのだろう。今度は「二三二、二三二」とくり返し始めた。

「誰に言われたんか？」と日高誠がさらに訊いた。「まだ七百周以上も残っちょるじゃねえか。もうやめえ、やめえ」

しかし伽はやめなかった。走り、いや歩き続けた。もういいじゃねえな、とトシは言いたかったけれど、言えなかった。「誰に走れって言われたんか？」と日高誠が訊いた。やはり伽は答えなかった。「もう走らんでいい。やめて帰ろうや」と日高誠が言った。しかし伽はやめなかった。

その伽が突然ぴたりと足を止めた。

「もう走らんでいい！」

大きな声だった。

トシだった。耐えきれずに叫んでいた。自分の声とは思えなかった。

伽はいま初めて二人の存在に気づいたというように日高誠とトシの顔を見た。そのまま二人の前を通って、ふだんよりさらにおぼつかない足取りで家に帰っていった。

トシのほうを振り返りもしなかった。

「へんな奴じゃなあ、マコ兄」とトシは日高誠に言った。媚びるような声だった。さっきの叫び声とは種類がちがうが、やはり自分の声だとは思えなかった。まるでトシのほうこそ二三二周走ったかのように口のなかがからからだった。トシの問いかけに日高誠は答えなかった。不機嫌そうに黙り込んでしまった。そのあとも自転車のうしろに乗せてもらったものの、ひどく居心地が悪かった。日高誠の着ていたユニフォームは、誰かのお下がりで、隣の浦の中学のものだった。背番号がついていた。11番だった。右側の「1」がはがれかけていた。そのことをいまでもはっきりと思い出せる。家の前で日高誠の自転車から降りた。日高誠はトシと目を合わせようとしなかった。いや、トシのほうが目を合わそうとしなかった。その伽とは高校まで同じだった。高校でも相変わらず、まわりからどこか軽んじられ馬鹿にされていた。しかし伽は高校卒業後も地元に残った数少ない同級生の一人だった。町のゴミ処理場で働いていた。軽トラに家のゴミを載せて持って行くと（そうすると有料の町指定のゴミ袋を使わなくてもよかった）、そこに伽はいた。トシの顔を見ると、昔のことなどなかったかのように、笑顔というより顔を歪めて、でも明らかに嬉しそうに手を上げて挨拶してきた。伽は独身だった（おそらく女とつきあったことなど一度もないだろう）。

野球と子供たちが大好きで、少年野球や中学校の野球部の練習試合を観戦に来ている姿をたびたび見かけた。応援するだけではなく、知っている子供たちには「差し入れ」と称してジュースやアイスを買ってやった。試合会場のグラウンドでトシに気づくと、あの不器用な笑顔を浮かべて向こうから近づいてきた。そしてトシの息子たちのプレイを褒めてくれた。心からの言葉だとわかった。トシもまた、大地と海斗がもらった「差し入れ」の礼を言った。伽が働いていた小さな業者が清掃事業の入札に失敗して、伽が働き場を失い、しばらく前から失業保険をもらっていることは知っていた。「いらん銭を使わせて悪いのお」とトシは言った。本当にそう思っていたからだ。トシのほうが伽よりもはるかに裕福な暮らしを送っていた。伽は金もないのに人に親切にしたがった。トシの兄たちとは大違いだった。トシとは大違いだった。すると、いかにも礼など言われ慣れていない人にありがちなように、伽はまるで悪いことでもしたかのように困惑で顔を赤らめて、手を振りながらくり返した。「いいんじゃ、いいんじゃ」

その伽の姿が見えなくなった。どうしたのかと思っていたら、大分の大学病院に入院していると知った。脳に腫瘍が見つかって手術をしたとかそんな話だった。それで今朝、見舞いに行ったのだ。ところが会えなかった。ご家族の意向で面会をすべてお断りしていますと受付で言われた。相当悪いんですかと尋ねてみたが、答えは返ってこなかった。受付で働く職員が知るはずもなかった。

そのとき携帯電話が鳴った。車に乗るときに妻の美鈴にかけて話したあと、後部座席に放っていた。東京から来た大学生を空港まで送ってくる、と言うと、さっき大分から帰ってきたばかりなのに、と美鈴は呆れたものの、大学生の入院中の母親の病状が急変したんじゃと小声で教えると、大変じゃろうけど気をつけて行ってきて、と優しい言葉をかけてくれた。妻に対する罪悪感がまた大きくなった。

「電話を取ってくれるか」とトシは助手席の若者に頼んだ。

若者は運転席と助手席のあいだから手を伸ばし、後部座席の上で震えている携帯を取った。

「誰からじゃろうか?」と言いながら、トシは左手をハンドルから離して若者のほうに差し出した。

「表示には『まこにい』って出てます」

そう言って、若者は携帯をトシの手のひらに握らせた。

「マコ兄?」

トシは携帯を耳に当てると言った。目覚めてはいるが相変わらず酔っぱらった日高誠の不明瞭な言葉に耳を傾けた。

「マコ兄、そげなこと言われても、もう遅《おせ》えわ。もうちっと早く電話をくれたらよかったのに……。『まち』に着いて、もう高速に乗るところじゃが」とトシは言った。「それにな、マコ兄、いまから行くんは、病院じゃねえ。ちがう、ちがう、病院はもう行ってきたんじゃ。いま行きよるんは空港じゃ。頼まれて若え衆を空港まで送りに行くところ。え？　どうじゃったかって？　それがなあ、病院には行ったんじゃけど、会われんかったんじゃ……」

「病院」という言葉に、助手席の若者を包んでいた不安が身じろぎするのが感じられた。この若者の母親も入院中だった。しかも話を聞く限りだと伽と同じ病気だった。脳に悪性の腫瘍ができていた。手術はうまく行ったはずだった。そう若者は言った。

それでも母親が具合が悪くて入院しておるときに、どんな理由があるんかしらんが、よりによってこんな東京から遠い不便な田舎に遊びに来ている場合じゃねえじゃろうが、とトシは言いたかった。でも黙っていた。若者は苦しそうに何度もつぶやいていたからだ。「大丈夫だって言ってたのに……」

「まこと、まこと。わかった、マコ兄。わかったから、そげえ心配すんな。ちゃんと伝えておくから」とトシは日高誠を安心させてから電話を切り、シャツの胸ポケットに入れた。

心配そうに若者が訊いてきた。

「大丈夫ですか？」

「ああ」とトシは前方から目を離さずに答えた。「心配せんでもいい。それより、あんたのお母さんのほうが心配じゃの……」

「はい」と若者は神妙に答えた。

「高速に乗ったら早い。この調子じゃと六時までには空港に着く」とトシは言った。

「東京行きの最終便には十分に間に合う。もう予約もしたんじゃろうが？」

「はい」と若者は答えた。「さっき電話しました。あの……」

「なんじゃ？」

「本当にありがとうございます」

「いいんじゃ、いいんじゃ」

トシは左手を振った。その仕草をしながら、入院している伽のことを思った。

「僕のせいで本当にすみません」と若者は言った。「おじさんにとってはまったく無駄なことをさせてしまって……」

「いいんじゃ」とトシは言った。「気にせんでいい」

帰りにまた大学病院に行くから、とトシは心のなかで返事をした。どうせ無駄なことをするのだから。

約束したのだ。いま電話で日高誠に頼まれたのだ。日高誠は見舞いに行くのなら、自分も乗せて行ってくれ、と言った。しかしもう遅かった。それに病院に行ったところで、また受付で断られるだろう。無駄足になるだろう。それでも構わない。連れて行ってもらえないとわかると、おれの代わりに言うてくれ、と日高誠は言った。はよう元気になれ。そう伝えておいてくり。はよう元気になれ。

ふふん、とトシは笑っていた。助手席の若者はきっと訝しく思っているだろう。しかしおかしかったのだ。笑いが漏れるのをこらえられなかった。マコ兄、人の心配をしておるどころじゃねえど。逆にあいつから心配されて同じことを言わるるど。トシの口元は歪み続けた。勝手に踊っていた。これは本当に笑みなのだろうか。きょう会えなくてもいい。また出直せばいい。そして今度、伽の見舞いに行くときは、マコ兄、そうじゃや、一緒に行こうや。

悪の花

生暖かく重たい空気が海辺の土地を覆っていた。翌日の天気を知るのに集落の人々がまだ肌の感触だけを頼りにしていた時代には、その大気の質感の違いから漁師たちは、まるで外界からやって来るものはすべて拒もうとするかのように入り組んだ海岸線の向こうからそれでも接近しようとしてくるものが何なのか——時化《しけ》なのか、激しい雨なのか、単なる通り雨なのか、戦争中であれば米軍機なのか、新しい命の誕生を告げる妊婦の産気なのか、寝たきりになった老人についに訪れる死なのか——言い当てることができたという。だからその日、生暖かく重たい空気がもたらそうとしているものを吉田千代子がはっきり理解したとしたら、それは彼女がそうした時代を記憶していないとはいえ、その余韻が、残り香が、集落の大気中に依然として残っていた時代に生まれたせいかもしれない。人肌よりも少し熱いねっとりとした空気が、もはや指や唇で触れてくれる者のいないうなじや脇の下、股のあいだに忍び込んでくるのを感じながら、ああ、咲く、と千代子は思った。悪の花が咲く。それもひとつやふたつどころではない。満開の花が千代子の暮らす二間の市営住宅の陽当たりの悪い台所の床いっぱいに。

そうした予感が訪れるたびにそうしてきたように千代子はタイコーのことを考えた。そしてたちまちタイコーの不在を思い出し愕然とした。

集落の者たちはみな渡辺家の一人息子の大公《まさきみ》をタイコー、タイコーと親しげに呼んだ。まるで書き損じた文字の上に正しい文字を書き重ね、間違いを消し去り、なかったことにしようとするかのように、集落の人たちが本名ではなく、タイコー、タイコー、と愛称で呼ぶものだから、千代子にもその名の下に隠された書き損じの文字がどのようなものだったのか思い出せなくなっていた。

七十五を過ぎたあたりから膝が悪くなって千代子は歩くのに苦労するようになった。それでも休み休みであれば、集落に唯一残る食料と雑貨を扱う小さな商店まで歩いて行けた。集落の老婆たちがよく使っている、シルバーカーと呼ばれる買い物袋にも椅子にもなる手押し車の世話にはまだまだならずにすみそうだった。それにここで手に入らないものがあったとしても、地区の民生委員である渡辺ミツとその夫の浩司が市の郊外にあるショッピングセンターに出かける際には時おり、必要な物はないかと声をかけてくれた。煮炊きもまだちゃんとできた。人の名前と顔も一致した。まだまだ誰の手も借りずに一人でちゃんと生活できる。いや、それでもどうしても人の手を借りなければいけないことがあった。そう、墓参りだ。戦死した兄が眠る軍人墓地までは問題なかったが、集落の共同墓地は小さな湾を見下ろす小高い山の斜面にあった。膝が痛くて、もう寺の階段を登れなかった。一年くらい前から毎朝、その千代子の代わりに墓参りに行ってくれるのはタイコーだった。月に二度、地域の社会福祉協議会が公民館で老人たちを集めて行なう「ふれあいサロン」に千代子が顔を出すようになったのはそのせいだとも言える。初めはそんなものに行くつもりはなかった。しかし民生委員であり、同時に社会福祉協議会でヘルパーとして働く渡辺ミツに何度も声をかけられ断れなくなった。なにせミツはタイコーの母なのだ。

　ヘルパーたちの明るい声と笑顔に励まされながら、集落の他の老人たちと一緒に、ボケ防止の運動をし、手を叩きながら歌い、ゲームやクイズに興じた。気づけば大きな声を出して笑っていた。老婆となった女たちは千代子の膝や肩を叩き、千代子もまた彼女たちの膝や肩を叩いていた。その手には憎しみなど一片も混じることなく、たがいに体に触れあい、あはははと声を立てて、みなで笑っていたのだ。時間とは恐ろしいものだ。何もかも消し去ってしまう。目尻に涙を浮かべて笑いながらも千代子は過去に連れ戻されるように思い出すことがあった。この人たちは千代子のことについて根も葉もない噂の花を咲かせ、しかもどこか腫れ物にでもさわるように遠ざけていたことなどもうどうでもよくなったのだろうか。いま千代子の周囲で楽しそうな老婆たちは、まるで千代子について悪い感情を抱いたことなどこれまで一度もなかったかのようだった。彼女たちのように憎悪や悪意や敵意などは簡単に忘れられる時期がいずれ来るとわかっていたのなら、自分ももっと恨んでおくべきだったのか。笑うと、涙なのかそれとは違うものなのか、目の端に白く濁った汁がにじんだ。しわとしみだらけの手を仲良くつなぐ老人たちの一団のなかに自分がいるなんて。みなから疎まれ距離を置かれていたあの若い女と千代子はまったく別人になったかのようだった。

　実際のところ見た目はすっかり変わっていた。千代子は乾物のように干涸《ひから》びやせて、しわしわの老女になってしまった。髪の量はすっかり減り、光沢のない針金のような白髪を後ろで束ねていた。横に狭い額の下の腫れぼったい目は、まるで目にするすべてに不満を抱いているかのようだった。だからタイコーが中年男性になっていたとしてもなんら驚くべきことではなかった。にもかかわらず驚いた。もとはかなり狭いものだったと窺われる額の生え際の毛がむしり取られたように不均一に禿げた坊主頭で、小さな目鼻の所在がわかりにくいほどよく日に焼け、明らかにずっと昔から同じものを使っていることがわかるメタルフレームの眼鏡をかけたこの男が、人よりも歩き出すのが遅い、喋り出すのも遅い、とまだ若い渡辺浩司とミツの夫婦をひどく心配させていたあの子供なのだ。胸板は薄く両腕は細いが腹のまわりには余計な肉がついた、どうにも風采の上がらぬこの中年の男が、よその集落から嫁に来て、いまでは集落にすっかり溶け込み民生委員として老人たちから慕われ頼りにされているのが嘘のように、新しい人間関係にまだ慣れきれず何かと緊張していた若い母親であるミツの胸ですうすう寝息を立てて眠っていた赤児だった。その赤ん坊に他の赤ん坊とちがうところがあるようには千代子には見えなかった。どこにもおかしいところなどなかった。

タイコーは高校を卒業して以来ずっと、父親と一緒に地元の建設会社のいくつかで作業員として働いた。建設会社が倒産してからは、やはり父親と一緒にクリーンセンター、つまり地域のゴミ処理場で働いた。しかし二年ほど前、勤めていた指定管理業者が入札で負けたために、父子は仕事を失った。父親の浩司は息子のそばについてやることができる職場なら給料などどうでもよかった。それでも父子が一緒に働ける職場は見つからなかった。タイコーはまだ四十代の半ばになったばかりだった。そうした事情はなんとなく知っていたし、自分の代わりに墓参りをしてくれるタイコーにせめて礼がしたいと、千代子は毎月二千円を茶色の封筒に入れて、お菓子でも買ってくれとタイコーの家に持っていった。タイコーはもちろん、ミツも浩司もどうしても受け取ろうとしなかったから、いつも郵便受けにそっと差し込んでいた。あるとき、そうしているところにミツが帰ってきた。いらん、いらん、と拒むミツの手のなかに、くしゃくしゃになった封筒を無理矢理握らせた。わざわざ千代姉《ねえ》のために行くわけじゃねえ、自分のところの墓に参るついでじゃのに、それに仕事がなくてただぶらぶらしておるよりも、ちょっとは人の役に立つことでもせんと、とミツは言った。何かしら仕事があるといいがのお、と千代子はふと余計なことを言った。すると、ミツが漏らすのが聞こえた。いまはわたしらがそばにおるからいいけど、わたしらが死んだあとひとりで生きていけるんじゃろうか……。そしてその言葉から深刻な響きを取り除こうとミツは笑顔を浮かべた。美しいが悲しげな花のような笑みだった。あんたらが死んだあとでもわたしがおるから大丈夫、と千代子は言おうとして、もうすぐ八十になる自分がミツよりも長生きできるはずがないのだとわれに返り、恥ずかしさで笑った。どうしたん、千代姉、泣かんでおくれ、とミツが言うのが聞こえた。泣いて いる？　笑っていたつもりの千代子は驚いて目元に手をやった。ミツは自分たちの死後、タイコーが人様に迷惑をかけるのを恐れていたが、タイコーでなければいったい誰が毎朝自分の代わりに墓に参ってくれるだろう？　タイコーでなければいったい誰が千代子のまわりで隙あらば繁茂しようとする悪の花をむしり取ってくれるだろう？千代姉、もう泣かんでおくれ。ミツの優しい声が聞こえた。

タイコー。千代子はタイコーを見るたびに思わず声を漏らさないではいられなかった。千代子自身の声はもちろんかつてのように澄んではおらず、声が向けられた相手もまたあの清潔な丸坊主の男の子とは似ても似つかぬ姿になっていたけれど、宙に発せられた「タイコー」ということばは、時間そのものを否定するかのように古びてもいなければ傷ひとつついてもおらず、まったく同じままだった。そのため、そのとき軍人墓地の脇のセメントで舗装された幅の狭いでこぼこの坂道をひょこひょこと降りてくる中年の男とは、まったく別の男がどこかに存在しており（でもどこに？）、「タイコー」という名はその別の人間にこそ与えられるべき名である気がした。だから集落の人たちがタイコー、タイコーと口にしているとき、彼らが話題にし呼びかけているのは、（彼ら自身は気づいていなかったかもしれないが）その男ではなく、傷つけられることも損ねられることもない別の存在なのだ。そして、タイコー、タイコー、タイコー、と口のなかでどれほど転がそうともいかなる変質も蒙ることのない完全無欠な玉のようなこのことばを唱えるとき、多くの点で正しくはなかった集落の人たちが、その男に関しては正しかったと認めざるをえない。

千代姉、とタイコーが千代子に声をかけた。千代子は小学校のそばに借りた畑の草むしりをしているところだった。そうだ、あのときもいつもと同じだったのだ。タイコーにふだんとちがうところは感じられなかった。歩き方も手の挙げ方も表情もぎこちなかった。何かが甘えん坊の子犬のようにタイコーの足のまわりにじゃれついていた。それはえさに群がる小鳥のように空からタイコーの頭に舞い降りてきた。苦い煎じ薬のように口に入ってきてタイコーの顔を歪めさせた。歩くこと、手を動かすこと、表情を作ることの邪魔をし、タイコーを困らせた。それは何なのか。この世界にあることの驚きとでも言えばよいのか。生きていくうちに摩耗し消えていくはずの驚きがいまだにタイコーとともにあった。

だからその日もタイコーはいつもと同じだった。

同じだった？

そうだ、同じだった。同じだったはずだ。だから、集落の人たちが里芋やサツマイモやネギを植えた、なだらかな傾斜になった畑の向こう、蔓草が生い茂る低いセメント塀で囲まれた軍人墓地の入り口の階段に、男がひとり腰掛けているのを千代子が目にしたのは、その日ではなく、別の日だったのだ。

　でも、それが正確にはいつだったのか千代子には思い出せないのだ。もしかしたら、墓地の入り口の三段しかないすり減った石の階段にほとんどうずくまるような恰好で座っていたあの男は、日露戦役以来この集落から戦地に送られ死んだ者たちのうちの一人だったということはないだろうか。たとえば、千代子の兄？　たしかに男は、突然体を襲った疲労や目眩《めまい》をやり過ごそうとするかのようにじっと苦しげに座っていたけれど、ミンダナオ島で飢えとマラリアで死んだ兄にしてはそれほど痩せてはなかったので、町営住宅の奥の部屋の壁にかけた、兵隊姿の遺影の顔を思い出すまでもなかった。そう、見まがいようはなかった。あれはタイコーだった。けれど、タイコーがじっとしているところなど目にしたことがなかったから、そして、まるで驚きから逃げようとするかのように、不器用な足取りだけれど早足で歩き、動くのをやめてしまえば驚きに完全に捕えられてしまうと恐れるかのように、立ち止まっているときでもしきりに手を動かしているタイコーが、あんなふうに頭を垂れて苦しげに座り込んでいるのは一度も見たことがなかったから、あれがタイコーだとはすぐにはわからなかったのだ。タイコーにまとわりついて離れないあの驚きは、子犬や小鳥のように愛らしいものでもなければ、口には苦いが体には良い薬でもなく、獲物に巻きつき絞め殺すヘビのように恐ろしいものだったのかもしれない。それはタイコーがこの世界にあることの驚きでありながらも、ここではない別の世界にタイコーを連れて行こうとしているかのようだった。それがとうとうタイコーを捕まえ、ヘビがネズミを丸呑みするようにタイコーを呑み込もうとしていた。でも、そうなればタイコーはついに自由になれる？　タイコーの自由を奪う、奪い尽くそうとする驚きから解放される？　なぜなら、あの驚きはこの世界にあることの驚きである以上、ここではない別の世界では用なしだからだ。別の世界には居場所がないからだ。だったら、だったら、と千代子はほとんど絶望に近いものに襲われて思った。驚きから解放されて自由になってしまえば、タイコーにはこの世界に居場所がないということになる？　そんなはずがない、そんなはずがない、そんなことがあってはならない。千代子は心のなかで叫んでいた。心のなかの声なのに涙声だった。涙で濡れているのに、ヘビの抜け殻のようにカサカサに乾き切った声だった。タイコー、タイコー。

心配ねえで、とそのときタイコーの声が聞こえてきて千代子はわれに返った。われに返った？　そのわれがどこに返ったのか、この世界なのか、タイコーが驚きによって連れて行かれようとしている別の世界なのか、けつまずいて転倒した直後のように急に何もかもわからなくなった。二つの世界のあいだで右往左往しているのは千代子だった。

心配ねえで。

タイコーの声が千代子の不安を打ち消した。

いや、そのとき、タイコーが打ち消したのは、タイコーの身を案じる不安とは別の不安だったのだろう。なぜならタイコーは続けて言ったからだ。

心配ねえで、墓の水はちゃーんと替えてきた。

そうだった、その日も、雨の日を除いて毎朝そうしてくれるようにタイコーは千代子の代わりに墓参りに行ってきてくれたのだ。シキミの枝を差した、墓前の備え付けの花瓶に水を足してくれたのだ。

いつもいつもありがとうな、と千代子は言った。

礼なんかいらない、というようにタイコーは手を振った。口元がひきつり顔が歪んでいたのは照れ笑いなのだろうか。そのまま立ち去ろうとするタイコーを千代子は呼びとめた。タイコーはびくりと肩を揺らして、振り返った。

あのな、あの花がな、また生えておるんよ。

すると、タイコーの顔にも笑みがひとつの花となって咲いた。虫食い穴だらけのいびつな花弁が揺れていた。

おー、そいじゃったら、あとで行きます。

いつも悪いねえ、と千代子は言った。

じゃけど、ちよ姉、あの花はぜんぶきれいに取らるるかわからんで、とタイコーが顔を歪めて申し訳なさそうに言った。なーんぼむしっても生えてくる。

いい、いい、と千代子は頷いた。できる範囲で取ってくれたら、もうそれだけでありがてえ。いつもありがとうな。じゃあ待っちょるね。

わかりました。あとから行きますわ。

たしかにタイコーはそう言ったのだ。しかしタイコーは来なかった。待てど暮らせど来なかった。その日から——でも、いったいどの日なのか？——タイコーの姿が見えなくなってしまった。

タイコーが生まれたころ、千代子はこの海辺の小さな土地の小学校で用務員として働いていた。いまは廃校になってしまった小学校は当時でさえすでに一学年に一クラスしかなく、全校児童が六学年合わせても百人にも届かなかった。職員室の端に小さな机と椅子を与えられて、夏には大きなやかんで麦茶をわかし、冬には緑茶をいれた。教室や廊下は生徒たちが掃除したが、職員室を掃除するのは千代子の仕事だった。

古い木造の平屋の建物で、温暖な県南とはいえ、冬になると冷たい北風が、割れ目をテープで止めた窓の隙間から入ってきた。風はどんなところからも入ってきた。あるとき子供たちが廊下にほとんど四つん這いになり、顔を床すれすれにまで寄せていた。遠くから近づいてくる足音を察知しようとしている、あるいは何かの祈りを捧げているように見えた。せんせい、と子供の一人が顔を上げた。そして近づいてくる千代子に向かって廊下を指差した。ここから風が入ってくる。なんでじゃろ？　その言葉に他の子供たちも顔を床に近づけた。千代子もしゃがんで、廊下の木の板の継ぎ目に手をかざした。たしかにかすかな隙間を通して下から吹き上げてくるひんやりとした空気が感じられた。なー、ほんとじゃろ、せんせい？　子供たちの得意げな声が響いた。

子供たちが千代子を「先生」と呼ぶことを面白くなく思っている人たちがいることは知っていた。たかだか用務員に過ぎないくせに、子供らに「先生」と呼ばせるなどもってのほか。しかも千代子ほど「先生」という名にふさわしくない者はいない。でも子供たちが勝手にそう呼ぶのだ。決して千代子が言わせたわけではなかった。

千代子は離縁されてこの集落に戻って以来、ずっと一人で暮らしていた。母の腹にいるときに父を失い、幼い頃にその母も病気で亡くした。そのため千代子は四つちがいの兄とともに母方の祖父母に育てられた。漁師だった兄は徴兵され、終戦のひと月前にフィリピンで戦病死した。千代子は十九のときに祖父が見つけてきた相手と結婚した。となりの集落に暮らす一回り以上も歳上の男だった。となりとはいえ、当時はまだ道路がなかったので岬を回って船で行かなければならなかった。結婚して一年が経ち三年が過ぎたが、子に恵まれなかった。夫は優しかったが、七年が過ぎたころに夫の老母からそれとなく離縁をほのめかされた。長男である夫の家族が必要としているのは跡取りになる子供だった。子供が産めない女など用がないのだ。そもそも千代子は夫にとって二度目の妻だった。最初の妻もまた子供ができないからといって千代子と同じように離縁されていた。いや、ちがう。千代子のほうが、トミという名の最初の妻と同じ道を辿ったのだ。そう思うと不安になった。トミは離縁されたあと、同じ集落内にあった実家に戻った。千代子が嫁いだころには、まだそこに暮らしていたので、時おり道ですれ違うこともあった。ひどくいたたまれない気持ちになった。そのような罪悪感のせいで子ができないのではないか。そんな根拠もない逆恨みもいいところの感情を抱いている自分に気づいて千代子はぞっとした。にもかかわらず、トミは、あの女は、自分が妊娠しないように呪っているのではないかと疑念が暗い地下水のようにしみ出してきては心の底を濡らした。そのどろりとした疑念の液体こそが犯人なのかもしれない、と千代子は思った。液体は夫の指と舌を濡らしていた股間の水、夫の指と舌がだんだんとせわしなさと熱意を失っていくにつれて涸れていったあの水と似ていなくもなかったから、夫の善良さを凝縮してどれもこれもお人好しの種はいともたやすく騙されてしまったのではないか。先妻に対するあの疑念の濁り汁は熱と粘りを偽装しながら肉の襞の奥へさらに奥へと夫の精子を誘い込み、それらをことごとく殺戮してしまったのだ。いずれにしても千代子は先妻と同様に子をはらむことがなく、先妻と同様に夫の家にいられなくなった。そのままさらに先妻と同じ道を辿るかもしれないと思うと千代子は怖くなった。なぜならトミはある日、実家の裏山に入っていき、首をくくって死んだからだ。自分もまた同じ死に方を選ぶのだろうか。故郷の集落で用務員として働き出した千代子は、時おりトミのことを思い浮かべ、死んでなるものか、なんで自分が死ななければならないのか、と思った。トミの自死は千代子のせいだと事情をよく知らない集落の人たちが考えていることは、日頃やりとりするとき相手が自分から目を逸《そ》らすことから、あるいはこちらを見つめる目のなかに不意に好奇心の光がまたたくことから明らかだった。

絶対に死んだりせん、絶対に自殺なんかせん、という声が、用務員に過ぎない千代子の心のなかでくり返され、渦巻いていたことを、先生、先生、と千代子にまとわりついてきた子供たちは知らなかっただろう。そしてまた、廊下にしゃがみ込んで、土埃がへそのゴマのようにこびりついた節穴だらけの床板の継ぎ目から、冷たい風ばかりではなく、鼻が曲がり吐いてしまいそうな悪臭——それは床下にもぐり込んだまま死んでしまった猫のむくろの発するものだった——が漂ってくることを教えてくれた子供たちは、千代子にあの花の存在を教えたのが自分たちだということも知らなかっただろう。そうなのだ。先生、先生とじゃれついてきた子供たちがあのにぎやかな笑い声と甲高い声とともに消え、教師たちもそれぞれの家に帰って誰もいなくなった小学校の廊下、昼休みに子供たちが四つん這いになって覗きこんでいた床板の隙間から、悪の花が咲いているのが見えたのだ。そのときには黄色いカーネーションに似た花だった。またあるときには紫のあじさい、また別のときにはピンクがかった白いマグノリアの花そっくりだった。図鑑でしか見たことのない、熱帯のジャングルに生えていそうな、けばけばしく力強い色と形の花弁をした花のこともあった。以来、どんな形状をして、どんな色で現われようとも、その花だとわかった。ちがう姿かたちをした花なのに、どれも同じ花だった。なぜなら、その花が現われると決まって、開いた花の奥から何かが漂ってきて、下腹部が同じ隠微な生暖かさに包まれたからだ。どうしようもなくいやらしい気持ちになった。

絶対に死んだりせん、と執拗に言い聞かせていたおかげではないだろうが、千代子は生き延びた。しかし驚いたことに、トミのあとに死んだのは別れた夫だった。詳しい事情はわからなかったし知りたくもなかったが自殺だと噂されていた。あとに残された、白髪頭を後ろにひきつめた、小柄でやせ細った老母が気の毒になった。いま千代子は自分の姿を鏡で見るたびに、なぜかその夫の母の顔を思い出した。まじない師の一族に連なる人で、山から薬草を集めてきては集落の人たちのためにねんざや皮膚病に効く薬を練っていた。産後の肥立ちの悪い女性たちにはそのための煎じ薬を与え、まじないを唱えた。重たいまぶたの下の暗いまなざしは千代子を見ているようで見ていなかった。どこか遠くを見ていた。子のできない女など女の数にも入らないと自分を無視しているのだ。悔しくて枕を濡らし、その直前には同じ布団の上で股間を濡らして夫を激しく求めた。しかしいまなら、あの老女の目がどこを見ていたのかわかる。あれは死後の世界を、半世紀以上先の世界を、そしてそこにまだしぶとく生きつづけている石女《うまずめ》の嫁、千代子を見つめていたのだ。鏡に映った自分の顔を見つめながら、千代子はそうはっきりと理解した。すっかり白くなった髪をきつく後ろに引っぱって束ね、腫れぼったい目をして唇のまわりを細かい縦じわに覆われた自分の顔は、あの老婆の顔そのものだった。その目がいま自分にじっと陰気なまなざしを投げかけている。千代子がまだ生き残っていることに驚いている。その日から鏡を見るのが怖くなった。

　夫が死んでしまったせいで、千代子はますます子供たちから「先生」と呼ばれるのにふさわしくない人間になってしまった。いや、なったのではない。そういう人間にまわりがしたのだ。というのも、かつて若い妻として古い妻から長年連れ添った夫を奪い取り、自殺にまで追いやったことになっていた千代子は、人々の根も葉もない、にもかかわらず風に吹かれてどこかに消えてしまうこともなく人々の想像力のなかでねじくれた根を執拗に伸ばしつづけ、なかなか枯れようとしない噂話によれば、今度は夫を悩ませ死に追いやった色きちがいの悪女となっていたからだ。夫と暮らしているときから、夫よりもずっと若い集落の男たちに股を開き、しかもそのうちの誰かの種をはらんで妊娠し、その不義の子をまじない師である義母の煎じ薬によって堕胎したために子ができない体になったのだ。しかしそうやって妊娠しない体になったのをよいことに、さらに男たちと放埒な関係を結びつづけ、ついにはたたき出されて戻って来た業の深い女。さんざんなことを言われていたのは知っていた。驚くべきことに、鏡に映った千代子自身が同じことを言って自分を責めていた。そこに映っているのは千代子自身だけれど、同時にそれはかつての義母であった。過去の世界から未来を見つめるまなざしは千代子を問い詰めた。耐えきれず目を逸らした。すると、千代子の背後に、鏡に映った小さな台所の冷蔵庫の脇に置かれた茶色い米袋の陰に、花が咲いているのがはっきりと見えた。

あの花だった。それぞれにまったく異なる花たちでありながら、にもかかわらず同じひとつの花。そのときだ。千代子は初めてその花の名を知った。「悪の花」と唇が動いていた。まるでかつてそうした花たちが放っていた花粉が、特殊な信号のように千代子の脳だか神経を刺激して、彼女の体の奥のほう、そう、夫の子をはらませることのできなかった子宮の奥に発生させていた何か、しかしこれまでずっと眠っていた何らかの悪い種子のようなものが、ついに「悪の花」という名として咲いたかのようだった。けれど、昔のように腿と腿をきつくこすり合わせたくなるようないやらしさは湧いてこなかった。ただ懐かしさばかりが千代子の目に涙を溢れさせた。

涙を拭いながら千代子は顔を上げた。輪郭のにじんだ風景が次第に元の姿を取り戻そうとしていた。しかしそこにはやはりタイコーの姿はないのだった。どうしてもいないのだった。千代子は渡辺家の庭にいた。そこにはネギや茄子《なす》やカボチャをきれいに植えた畑があり、物置小屋があった。小屋の脇に置いてあった、錆の目立つスチールパイプ製の折り畳み椅子（まだ使えると浩司がゴミ処理場から持ち帰ってきたものだろう）を広げ、陰に座って待っているうちに、千代子はうたた寝していたのだろう。もうずっとタイコーに会っていなかった。あとから悪の花をむしりに行く、と約束してくれた日からもうひと月以上タイコーの姿を見ていなかった。いったいどこに行ったのだろう？　約束をたがえるような人間ではない。何かあったのではないか。気になって千代子は何度か渡辺家に足を運んだ。しかしタイコーはおろか、ミツと浩司の姿もなかった。人が住んでいる気配がなかった。自分があんなことをタイコーにさせてしまったからなのではないか、と千代子は不安になった。あの花をむしり取らせていたせいで、タイコーの身に不吉なことが起こってしまったのではないか。なにせあれは悪の花なのだ。そのことを千代子はタイコーにちゃんと告げただろうか。告げたはずだ。それでもタイコーはわかりました、わかりました、と言ったのだ。たぶんわかっていなくてもわかりました、と言ったのだ。大丈夫、大丈夫、と言いながら、二間しかない市営住宅の寝室に置かれた安物の箪笥の下に群生していた赤とピンクの花をぶちぶちと引っこ抜いては、市指定のゴミ袋のなかに詰め込んでいったのだ。タイコーは不器用なのでうまく袋の口を結ぶことができなかった。花弁と葉、ぶちぶちにちぎられた茎と根がだらしなくはみ出したゴミ袋を家に持って帰ろうとした。どうせ持っていくからと、まるでいまでも毎日クリーンセンターに通っているような口調でタイコーが言うものだから、千代子は泣きたくなった。両手を強く合わせたところで胸の苦しさを押し潰せるわけではないがそれでも千代子は、悪の花の残滓《ざんし》をぽろぽろと落としながら去っていくタイコーの背中に向かって両手を合わせずにはいられなかった。その花をむしるときに付着した汁が毒だったのかもしれない。かつて自分を追い出した義母、裏の山から取ってきたさまざまな草花から、まじないを唱えながら、そうやってすり潰される植物からにじみ出るエキスにことばを練り込みながら、薬を調合していた義母が鏡のなかから千代子を問い詰めていた。おまえだ、おまえのせいだ。タイコーの身に何かが起こったとしたらおまえのせいだ。まじない次第で草の汁は毒にも薬にもなりうるのかもしれなかった。しかし嫁と認めてもらえず追い出された千代子は、まじないを何ひとつ教えてもらえなかった。悪の花の汁がタイコーの体に悪さをしたのかもしれない。「ふれあいサロン」に行くと、ミツの姿がどこにもなかった。病気らしい、と誰かが声をひそめて言った。ミツさんが？　ちがう、ちがう、タイコーじゃ。タイコーが重たい病気で、大学附属病院に入院しておるらしいわ。ここからだと大分市までは通えんから、浩司さんもミツさんもずっと病院のそばに宿を取って泊まり込んでおるらしい……。

それから千代子は毎日のように、ピン札の一万円を入れた「御見舞」と書いた白い封筒を握って渡辺家に通った。納屋のそばで折り畳み椅子に座ってミツか浩司が戻ってくるのを待った。何度もうたた寝をした。目が覚めるたびに、これが夢であればいいのにと思った。しかし残酷にもそれは夢ではなかった。生暖かい空気が集落を包みこんだ。しかしその生暖かさは千代子のよく知るものではなかったので、それが時化を告げるものだとは気づかなかった。そのために浩司に会い損ねた。暴風雨に備えて浩司が帰っていたことを、時化が去った翌日、雨戸がきちんと閉じられた渡辺の家を見て知ったのだ。手に握りしめた白い封筒は角が曲がり、しわだらけになり、雨で「御見舞」という文字がすっかりにじんでいた。もうずっと墓には参っていなかった。いまシキミの葉は時化の強風で墓のまわりに無残に散らばっているだろう。タイコーがいない以上、それを拾い集めてくれる人はいない。でも先祖たちも戦病死した兄も何の文句も言わないだろう。いったい何が言えるだろう。むしろ日頃からあんなに親切にしてくれたタイコーのためにどうして何もできなかったのか。怒りを抑えようと握りしめた手のなかで封筒がさらにしわを増やした。

千代子は椅子を畳み、小屋の壁に立てかけると、小さな湾に面した防潮堤沿いの県道をとぼとぼと歩いて市営住宅まで戻った。百メートルほどの距離しかないのにひどく遠く感じられた。そのあいだずっとあの生暖かい空気が、タイコーを守ることのできなかった先祖たちと兄たちの悔いと悲しみ、そして誰よりも千代子自身の悔いと悲しみに混じって粘り気を増しながら、千代子に親しげに、いや、なれなれしく、まといついてきた。千代子は家に帰りたくなかった。何が自分を待っているのかわかっていた。わかり切っていた。タイコー、タイコー。千代子はタイコーの名を呼んだ。そして防潮堤のあいだの通路から波止場に出た。濃い緑に染まった湾は静かだった。波がたぷりたぷりと優しく打ち寄せていた。地面に両膝と両手をつき、下を覗き込んだ。海面から自分を見つめ返しているのが義母であろうが自分であろうがもうどうでもよかった。浅いので透けて見える石ころだらけの海底がびっしりと悪の花で覆われていたとしても知ったことか。実際、鏡のなかを覗き込んでいるときのように、水面には、青い空を背負った千代子の後ろにあるはずもない台所が映っていた。冷蔵庫のそばに置いた米袋の陰で可憐な白い花が揺れていた。流し台の排水口からすっと伸びたか細い茎の上で五枚の大きな赤い花弁が黙思するように閉じていた。食器棚の開いた扉から一群れの小さな黄色い花が勢いよく飛び出していた。そこに手が伸びてくるように千代子は祈った。そして、もういい、もういい、とその手を握り、押しとどめるのだ。まじない使いではない千代子はその名を呼ぶことしかできなかった。タイコー、タイコー。時間にも劣化することのないその名はもしかしたら千代子のよく知るあのタイコーとはまったく別のタイコーを連れてくるかもしれない。それは、理解しがたい世界への驚きそのものでしかない男ではなく、欠けたところも傷ついたところも損ねられたところもない美しい玉である男なのかもしれない。いや、逆に、ひどく傷つけられ損ねられ、絶望そのものである男なのかもしれない。どちらでも構うものか。どんな姿かたちであれタイコーが帰ってきてくれさえすればそれでいい。もう悪の花をむしらせたりしない。許しておくれ。許しておくれ。タイコーにもう一度会えるのなら、舌が、唇が、吐息でこすれて血がにじむまで、そしてその血が生暖かい大気のなかに混じるまで唱えつづけてやる。タイコー、タイコー。繁茂するのをやめようとしない悪の花を懐に抱えたまま、小さな湾の暗い水面が千代子のささやきを映して震えていた。

付録――芥川賞受賞スピーチより

与え、与え、なおも与え

一九五一年四月十六日、サミュエル・ベケットは、親しい友人マニア・ペロンに宛てた手紙のなかで、こう書いています。

「春のにわか雨の合間に、泥をひっくり返して、ミミズを観察しています。観察といっても科学的な無関心さをまったく欠いたものです。まっぷたつに引きちぎられても、すぐに新しい頭かしっぽが生えてくるのはわかってはいるのですが、ミミズたちをシャベルで傷つけないようにしています」

四十五歳になったばかりのベケットは、まだまったく無名の存在でした。『ゴドーを待ちながら』の初演は二年後です。あらゆる出版社に原稿を拒絶され続け、この手紙のほぼ一月前に小説『モロイ』がようやく刊行されたばかりでした。のたうつミミズに、ベケットは何を見ていたのでしょうか？　書けども書けども発表する機会にめぐまれない自分の姿でしょうか？　湿った泥から引きずり出され、外界に無防備にさらされたミミズに、ベケットは自分自身を重ね合わせているようにも読めます。

その一方でベケットは、ミミズに「再生」の力をたしかに見て取っています。引きちぎられても新しい頭やしっぽが生えてくるのです。

ちょうどこの頃、まさにベケット自身の「再生」あるいは「新生」も始まろうとしていました。『モロイ』は批評家たちに高く評価されます。大きな文学賞の候補になる可能性も生じますが、賞につきものの騒動に巻き込まれ、自分が公の場にさらけ出されるくらいなら候補を辞退したい――そうベケットは彼を「発見」してくれた編集者に手紙を送ります（それも、のちに妻となるスザンヌに手紙を代わりに書いてもらって）。そして以後、作品についての取材は一切受けないという姿勢を貫きます。

僕はベケットの作品が大好きですし、作家としての姿勢に心から憧れていますが、真似したくてもできません。ベケットを読めば読むほど、絶対に彼のようなものは書けないとわかります。意気沮喪《そそう》させられますが、同時に強く「激励」されます。自分自身の場所を見つけろと尻を蹴っ飛ばされている感じがするからです。そして文学の世界は広大で自由なので、自分の場所は必ず見つかります。「天才の作品の周辺には、われわれが小さな光を入れておくための場所がある」とカフカも『日記』に書いています。「天才的なものは人をただ模倣に駆り立てるだけではない普遍的な激励だ」というのです。

すぐれた作品は、他者に「場所」を与えます。作り手にはもちろん、受け手にも場所を与えてくれます。素晴らしい小説や絵に出会うと、どうして感動するのでしょうか？　自分が受け入れられ、支えられている、と感じるからではないでしょうか。そこに、私たち一人一人のための「場所」が、「私のための場所」があると感じられるからではないでしょうか。作品は、受け取ってくれる私たちを必要とします。私たち一人一人を受け入れ、「あなたが必要だ、あなたの存在が大切だ」と訴えているのです。つまり作品は、それに触れる人が「生きること」を望みます。「あなたに生きてほしい」。だからこそ、素晴らしい作品に出会ったとき、私たちは「支えられ」、「励まされ」、「救われた」と感じるのです。

作品とは「与える」ものです。それがよくわかるフランス語の表現があります。絵画を見たり自分で何か作ったりするとき、Qu'est-ce que ça donne? と言います。ごく日常的な表現で、「どれどれどんな感じかな？　うまく行っているのかな？」というニュアンスですが、直訳すれば、「それは何を与えているのか？」ということです。

与えるためには、おそらく多くを受け取っていなければなりません。そもそも小説を書くための「言葉」が他者から受け取ったものです。しかも言葉のなかにはその始まりから、様々なものが「与えられ」ています。赤ん坊が受け取る「言葉」には、赤ん坊を抱く母親的な存在が与える笑顔、乳、肌のぬくもりがつねに混じっています。言葉、乳、情動、ぬくもりが作る大きな循環のなかに赤ん坊は包まれています。人間の乳幼児にはみな、ある種、湿った土のなかにいるミミズのようなところがあるのかもしれません。

与えられ受け取ったものを、書き手は作品のなかに出し切ります。しかし作品が本となって読者と真に出会うためには多くの人のお力が必要です。

講談社、「群像」編集長の佐藤とし子さんと出会えたこと、そしてご一緒できたことの幸運に深く感謝せずにはいられません。佐藤さんは、同編集部の北村文乃さんとともに、この作品に本当に多くのものを与えてくださいました。

素敵な装幀で、この作品を包んでくれた敬愛する友人、ガスパール・レンスキー(仁木順平氏)にも深く感謝します。

本の出版流通に関わるすべての人に感謝します。なかでも、読者といちばん近いところにいる書店員さんがいなければ、作品は誰にも届けられません。そのようないちばん大切な真実を誰よりも大切にされてきたのが、ここにいらっしゃる西加奈子さんです。直木賞の受賞会見の最後で西さんは「みなさんに本屋さんに行ってほしい」と力強くおっしゃった。その言葉に心を打たれたのは、僕だけではないでしょう。西さんのような素晴らしい方と受賞の機会を共にできることを心から光栄に思います。

惜しまずにすべてを与える、ということが、文学作品の本質にあるとしたら、そばにいるだけで何かを与えられ、励まされる気がするという意味で、「文学作品」そのものであるような二人の人物に出会えたことが、僕にとっての最大の幸福だと言うことができます。

一人目は、僕の大切な先生、柴田元幸先生です。学生時代、先生の授業は僕にとって、本当に受け入れてもらっていると感じられる「居場所」でした。その後、柴田先生が責任編集を務められる雑誌に、文字通り「書く場所」を与えてもらいました。二十年前初めて小説を書いて小さな賞をもらったとき、誰にも言わなかったのに、柴田先生のほうから「小野くん、今度読ませてくれる?」と声をかけてくださったのです。その時の驚きと感動は一生忘れないでしょう。

それから、フランスの詩人クロード・ムシャールさん。留学中、オルレアンにあるクロードのうちに五年近くも居候させてもらいました。素晴らしいパティシエでもあるクロードからは、おいしいお菓子もたくさん作ってもらいました。寝食ばかりでなく、クロードからは本当にかけがえのないものを与えられました。もうしばらくするとマグノリアが美しい花を咲かせる大きな中庭で、クロードと朝から晩まで文学の話をしました。台所でクロードがお菓子を作るのを手伝いながら、ロワール川にかかる古い橋を渡りながら、街中を歩きながら、パリへの列車の行き来のなかでも、来る日も来る日も、語り合い、ひなどりが母鳥から口移しで餌を食べさせてもらうように、クロードから文学を与えてもらいました。

心から尊敬するその二人の恩人は、今日この場におりません。クロードはフランスですし、柴田先生もいまアメリカの大学に滞在中です。謙虚なお二人は、直接自分たちに賛辞と感謝が捧げられるのがいやで、この場にいない状況を選んだかのようです。

そして、この場にいてほしかったのに、いない人がもう一人おります。その人は、柴田先生とクロードとはまったくちがう形で、僕にとっては文学そのものでした。出稼ぎで数年間離れた期間を除けば、ずっと生まれ故郷である大分県南部にある、リアス式海岸の小さな入り江沿いの集落に暮らしていたその人は、僕にとっては郷里の土地そのものでした。

それは昨年（二〇一四年）の十月に亡くなった、兄の史敬《ふみたか》です。

僕は兄にずっと与えられてきました。お人好しで、不器用で、子供のころ、みんなからからかわれていました。何をされても怒らない。人の悪口は言わない。勉強はできない。足は遅い。野球は好きだったけれど下手すぎて、試合に一度も出させてもらえない。周囲の人たちには悪気はなかったでしょうが、やや軽く見るようなところもあったでしょう。兄をそばで見ていて、ときに歯がゆく感じながら、僕はこの人は「奪われている」と思いました。そして兄から「奪っている」人間の筆頭が僕ではないか、と怖れてもいました。小さな頃から兄は僕に対して拒絶するということが一切ありませんでした。読んでいる漫画でもテレビのチャンネルでもお菓子でもすべて弟に譲るのです。

でも兄がいなくなって、わかりました。「奪われていた」のではなかったのです。「与えていた」のです。地域の子供たちの野球の試合を見に行っては、大きな声で応援する。そして子供たちに声をかけ、飲み物やお菓子を買ってあげる。近所の子供たちがよく兄のところに遊びに来ていました。僕はたかられているのではないかと思っていたのですが、そうではなかったのです。自分は多くを持っていないかもしれないが、それを惜しみなく与えることが何よりも嬉しかったのです。足の悪い年寄りの代わりに、朝早くから墓参りに行っていました。兄が死んだとき、通夜にも葬儀にも、過疎の集落のどこにこんなにいたのかというくらいたくさん人が来てくれました。足の悪い年寄りが足を引きずりながら仏壇の兄に会いにやって来ました。

兄は拒絶することができなかった。僕はそこにベケット的な優しさを見ます。再生するとわかっていても、それでもミミズを傷つけないようにシャベルを動かす優しさです。富と栄誉とは一切無縁だった兄と重ねられても、自分に降りかかった名声を悪運であるかのようにとことんいやがったベケットは怒らないはずです。兄は、「ないないづくし」だったけれど、自分は「否」とは言わず、人を受け入れ、ひたすら与えました。

文学は僕にとってそういうものです。一方的に与えるのです。こちらから決して働きかけることはできません。小説の登場人物が死ぬとき、読者である僕がいくら話しかけようが泣こうが、小説世界の人物たちは答えてはくれません。兄もそういう世界に行ってしまいました。

『九年前の祈り』は、間近に迫った兄の死が、僕に書かせた小説です。この小説で、このようなありがたい賞をいただきました。

兄は生前、弟に与え続けたのに、それでもまだ足りないと思ったのか、人生の最後に、自分が「いなくなる」ことによって、自分の不在そのものによって、なおも弟に与えようとしたのであり、実際に与えてくれたのだと思います。

　この賞を兄に捧げます。

　ありがとうございました。

小野正嗣

＊これは、二〇一五年二月一九日に行なわれた第一五二回芥川賞直木賞贈呈式において、芥川賞受賞者の挨拶として読み上げられたものです。

本書は、二〇一四年十二月に小社より刊行した単行本の文庫版です。

|著者|小野正嗣　大分県蒲江町（現佐伯市）出身。東京大学教養学部卒業。同大学院総合文化研究科言語情報科学専攻博士課程単位取得退学。パリ第8大学Ph.D。 立教大学文学部文学科文芸・思想専修教授。2001年、「水に埋もれる墓」で朝日新人文学賞受賞。'02年、『にぎやかな湾に背負われた船』で三島由紀夫賞受賞。'15年、「九年前の祈り」（本書）で芥川龍之介賞受賞。その他の著作に『森のはずれで』『線路と川と母のまじわるところ』『浦からマグノリアの庭へ』『夜よりも大きい』『獅子渡り鼻』『残された者たち』『文学（ヒューマニティーズ）』『水死人の帰還』など。

九年前《きゅうねんまえ》の祈《いの》り

小野正嗣《おのまさつぐ》

2017年12月15日第1刷発行
2024年7月5日第5刷発行

発行者——森田浩章
発行所——株式会社　講談社
東京都文京区音羽2-12-21　〒112-8001
電話　出版（03）5395-3510
　　　販売（03）5395-5817
　　　業務（03）5395-3615

Printed in Japan

講談社文庫
定価はカバーに
表示してあります

KODANSHA

デザイン—菊地信義
製版———TOPPAN株式会社
印刷———株式会社KPSプロダクツ
製本———株式会社KPSプロダクツ

ISBN978-4-06-293827-3

講談社文庫刊行の辞

二十一世紀の到来を目睫に望みながら、われわれはいま、人類史上かつて例を見ない巨大な転換期をむかえようとしている。

世界も、日本も、激動の予兆に対する期待とおののきを内に蔵して、未知の時代に歩み入ろうとしている。このときにあたり、創業の人野間清治の「ナショナル・エデュケイター」への志を現代に甦らせようと意図して、われわれはここに古今の文芸作品はいうまでもなく、ひろく人文・社会・自然の諸科学から東西の名著を網羅する、新しい綜合文庫の発刊を決意した。

激動の転換期はまた断絶の時代である。われわれは戦後二十五年間の出版文化のありかたへの深い反省をこめて、この断絶の時代にあえて人間的な持続を求めようとする。いたずらに浮薄な商業主義のあだ花を追い求めることなく、長期にわたって良書に生命をあたえようとつとめるところにしか、今後の出版文化の真の繁栄はあり得ないと信じるからである。

同時にわれわれはこの綜合文庫の刊行を通じて、人文・社会・自然の諸科学が、結局人間の学にほかならないことを立証しようと願っている。かつて知識とは、「汝自身を知る」ことにつきていた。現代社会の瑣末な情報の氾濫のなかから、力強い知識の源泉を掘り起し、技術文明のただなかに、生きた人間の姿を復活させること。それこそわれわれの切なる希求である。

われわれは権威に盲従せず、俗流に媚びることなく、渾然一体となって日本の「草の根」をかたちづくる若く新しい世代の人々に、心をこめてこの新しい綜合文庫をおくり届けたい。それは知識の泉であるとともに感受性のふるさとであり、もっとも有機的に組織され、社会に開かれた万人のための大学をめざしている。大方の支援と協力を衷心より切望してやまない。

一九七一年七月

野間省一

講談社文庫　目録

講談社文庫　目録

岸本英夫 死を見つめる心〈ガンとたたかった十年間〉
北方謙三 試みの地平線〈伝説復活篇〉
北方謙三 抱影
菊地秀行 魔界医師メフィスト〈怪屋敷〉
桐野夏生 新装版 顔に降りかかる雨
桐野夏生 新装版 天使に見捨てられた夜
桐野夏生 新装版 ローズガーデン
桐野夏生 OUT (上)(下)
桐野夏生 ダーク (上)(下)
桐野夏生 猿の見る夢 (上)(下)
桐野夏生 姑獲鳥の夏
桐野夏生 魍魎の匣
桐野夏生 狂骨の夢
桐野夏生 鉄鼠の檻
桐野夏生 絡新婦の理
京極夏彦 文庫版 塗仏の宴―宴の支度
京極夏彦 文庫版 塗仏の宴―宴の始末
京極夏彦 文庫版 陰摩羅鬼の瑕
京極夏彦 文庫版 百鬼夜行―陰
京極夏彦 文庫版 百器徒然袋―雨

京極夏彦 文庫版 百器徒然袋―風
京極夏彦 文庫版 今昔続百鬼―雲
京極夏彦 文庫版 陰摩羅鬼の瑕
京極夏彦 文庫版 邪魅の雫
京極夏彦 文庫版 今昔百鬼拾遺―月
京極夏彦 文庫版 死ねばいいのに
京極夏彦 文庫版 ルー=ガルー〈忌避すべき狼〉
京極夏彦 文庫版 ルー=ガルー2〈インクブス×スクブス 相容れぬ夢魔〉
京極夏彦 文庫版 地獄の楽しみ方
京極夏彦 分冊文庫版 姑獲鳥の夏 (上)(下)
京極夏彦 分冊文庫版 魍魎の匣 (上)(中)(下)
京極夏彦 分冊文庫版 狂骨の夢 (上)(中)(下)
京極夏彦 分冊文庫版 鉄鼠の檻 (上)(中)(下)
京極夏彦 分冊文庫版 絡新婦の理 (上)(中)(下)
京極夏彦 分冊文庫版 塗仏の宴―宴の支度 (上)(中)(下)
京極夏彦 分冊文庫版 塗仏の宴―宴の始末 (上)(中)(下)
京極夏彦 分冊文庫版 陰摩羅鬼の瑕 (上)(中)(下)
京極夏彦 分冊文庫版 邪魅の雫 (上)(中)(下)
京極夏彦 分冊文庫版 ルー=ガルー〈忌避すべき狼〉(上)(下)

京極夏彦 分冊文庫版 ルー=ガルー2〈インクブス×スクブス 相容れぬ夢魔〉(上)(下)
北森鴻 親不孝通りラプソディー
北森鴻 花の下にて春死なむ〈香菜里屋シリーズ1〈新装版〉〉
北森鴻 桜宵〈香菜里屋シリーズ2〈新装版〉〉
北森鴻 螢坂〈香菜里屋シリーズ3〈新装版〉〉
北森鴻 香菜里屋を知っていますか〈香菜里屋シリーズ4〈新装版〉〉
北村薫 盤上の敵〈新装版〉
木内一裕 藁の楯
木内一裕 水の中の犬
木内一裕 アウト&アウト
木内一裕 キッド
木内一裕 デッドボール
木内一裕 神様の贈り物
木内一裕 喧嘩猿
木内一裕 バードドッグ
木内一裕 不愉快犯
木内一裕 嘘ですけど、なにか?
木内一裕 ドッグレース
木内一裕 飛べないカラス

2024年3月15日現在